Karl Ulrich Lippoth

Allgemach

Karl Ulrich Lippoth

Allgemach

Als Fedor Wallenfels einmal vier Stunden zu spät
nach Hause kam

Erzählung

Bibliografische Information der Deutschen Nationalbibliothek:
Die Deutsche Nationalbibliothek verzeichnet diese Publikation in der Deutschen Nationalbibliografie; detaillierte bibliografische Daten sind im Internet über http://dnb.dnb.de abrufbar.

Herstellung und Verlag: BoD – Books on Demand, Norderstedt

ISBN: 978-3-7519-6963-5

ALLGEMACH

Als Fedor Wallenfels einmal vier Stunden zu spät
nach Hause kam

Was ist schon so ein Morgen? Über einen Morgen gibt
es nicht viel zu sagen. Ablauf. Vielleicht war es an den
Wochenenden anders. Übrigens, nein. Der Unterschied
fiel nicht ins Gewicht. Fedor Wallenfels erhob sich aus
dem Bett, wenn er Elsie nebenan den Duschvorhang
aufschieben hörte. Für gewöhnlich war er übernächtigt.
Er ging ins Kinderzimmer. Dort weckte er seinen Sohn.
Das dauerte seine Zeit: Wallenfels schob die Vorhänge
auf, schwatzte vom Wetter, beschwor die Freuden des
Tages, betörend, unwahr. Ihm oblag es, Julius, drei Jahre
alt, aber morgentrunken wie ein Jüngling, halbwach zu
bekommen, bevor Elsie, inzwischen angekleidet, übernahm, und er selbst ins Bad ging. Während Elsie und Julius frühstückten, bereitete Wallenfels Brote zu und
legte Obst bereit. Sobald sein Sohn gewaschen und an-
gezogen war, eilte Elsie zur Arbeit. Wallenfels hatte von

jetzt an etwa eine halbe Stunde Zeit, ein unwilliges Kind durch Spiel und Vorlesen so günstig zu stimmen, dass der Aufbruch zum Kindergarten gelingen konnte. Drei Zigaretten: Eine zum Kaffee, eine zum Restkaffee, sobald Elsie aus dem Haus war, und eine beim Verlassen des Kindergartens. Die Zigaretten markierten den Ablauf und teilten ihn in drei Phasen: Zu dritt, zu zweit, allein. Dann fuhr er in die Stiftung.

Am Morgen des zweiten Septembers, eines Freitags, störte Wallenfels diesen Ablauf. Als Elsie aufbrechen wollte, rief er in Richtung der Wohnungstür: »Warte heute Abend nicht auf mich. Ich komme später.«

»Wieso denn? Hast Du einen Termin?«

»Nein. Ich komme bloß später.«

»Wir wollten doch anstoßen.«

»Machen wir auch. Nur später.«

»Wenn ich gewählt werde.«

»Du bist gesetzt. Du bist Proporz.«

»Mir ist ein bissel angst.«

»Natürlich wählen sie Dich. Sie müssen.«

»Na, Du kannst mir ja noch schreiben.«

Damit war sie fort. Wallenfels beschied sich ärgerlich. Wenn er die Stiftung verließ, abends, kam ihm manchmal der Gedanke, er könnte durch die Straßen schlendern. Meist war er zu sehr von Abläufen eingenommen, um so kühn zu denken, aber wenn es dennoch geschah, freute ihn der Gedanke. Es erhob ihn, so etwas zu denken, und während er der U-Bahn zustrebte, dachte er also, er strebte nicht der U-Bahn zu, sondern kaufte sich allgemach ein Bier. In der U-Bahn dann sann er auf Orte, die zum Verweilen einluden, angestrengt, denn es fielen ihm nur seine früheren Wohnungen ein. Aber darauf kam es nicht an. Wichtig war, dass er nach solchen

Abwegen unerwartet später zu Hause einträfe. So eine Verspätung wäre doch unerhört, dachte er und traf zur erwarteten Zeit zu Hause ein. Unerhört. Das war nicht Elsies Schuld. Übrigens, vielleicht ein wenig. Nein, die Zeit war danach, eine Blütezeit: Alles war voller Meldungen, die Meldungen schwirrten herum wie Wespen im September. Man machte ihm tatsächlich vor, dass er zu einer Blütezeit lebte. Jedermann suchte, ihn davon überzeugt zu halten: Alles in allem – eine Blüte! Das konnte Wallenfels nicht finden. Es gab Widriges. So war es ihm, recht besehen, nicht möglich, unerwartet später nach Hause zu kommen. Er war überzeugt, dass keine Viertelstunde, nachdem er unerwartet nicht zu Hause angekommen wäre, ihn eine Nachricht erreichte: Wo er bleibe? Und auf diese Nachricht zu antworten, musste zu demselben Ergebnis führen, wie nicht darauf zu antworten: Sein unerhörtes Abweichen vom Ablauf wurde des Heiteren, seiner Leichtigkeit beraubt. Er konnte ja nicht gut unter Beobachtung auf der Brücke stehen und nachsichtig-müßig auf das Treiben um sich sehen. Es musste da durchaus eine Art Schleier geben, der ihn umwehte. Und den Apparat ganz auszuschalten, war schon gar keine Lösung, denn er wusste auch ohne Benachrichtigung, dass entsprechende Nachrichten einliefen. Außerdem bedeutete das Ausschalten des Apparats eine bewusste Abkehr vom unerwarteten Späterkommen. Da handelte es sich um ein vorsätzliches Abtauchen. Wallenfels erfreute sich aber nicht an der Idee abzutauchen, er erfreute sich an der Idee, unerwartet später zu kommen. Eine Pause, sonst nichts, unbemeldet, und nur, weil ihm womöglich gerade der Sinn danach stand.

Von solchen Überlegungen entmutigt, hatte Wallenfels an jenem Morgen des zweiten Septembers, sich selbst überraschend, Elsie nachgerufen: »Warte heute Abend nicht auf mich. Ich komme später.« Aber so konnte es schon gar nicht gelingen. Jetzt stand er unter Zwang. Er musste, wenn er die Stiftung verließ, einer plötzlichen Eingebung folgend sich eine Pause gönnen, an der Station vorbeigehen, allgemach die Straßen durchschlendern, womöglich ein Bier kaufen. Dazu hatte er jetzt bereits keine Lust mehr. Und nun auch das noch: Elsies Wahl zur Stadträtin. Das hatte er ganz vergessen im Ablauf. Natürlich musste das gefeiert werden, aber jetzt hatte er sich schon mit dem Späterkommen verplappert. Alles verkorkst. Vielleicht bliebe er einfach länger in der Stiftung, dachte er, dort konnte er wenigstens arbeiten. Zu Hause war das schwer möglich.

Wallenfels las ein Buch vor. Julius schmiegte sich an, war aufmerksam, folgte eifrig der Handlung, verzierte sie mit Schnörkeln und führte sie fort. Er plauderte. Wallenfels fand es jetzt unangemessen und töricht, am Abend später zu kommen, bloß um zu arbeiten. Sie spielten das Buch nach, und es gelang Wallenfels, den Gang zum Kindergarten zur Spielhandlung zu machen. So ging alles sehr leicht. Zum Abschied sagte er Julius: »Heute holt Dich Oma ab, weil Mama später kommt. Sie wird ja heut gewählt. Das feiern wir dann groß.«

Als er vor dem Kindergarten die dritte Zigarette rauchte, hatte er Lust, ein Bier zu trinken. Er dachte zärtlich an seinen Sohn und setzte Elsie mit einer kurzen Nachricht in Kenntnis, dass er sie liebe und Julius ein Wunder sei. Als Antwort erhielt er umgehend eine liebreiche Beteuerung.

Unruhig ging er zur U-Bahnstation und fuhr die Roll-treppe hinab. Im Zug nahm er ein Buch, um sich von den Fahrgästen abzuheben, die ihre Augen auf Bildschirme hefteten. Auch dies eine Widrigkeit. Ein trübseliger Anblick: So viele Leute – befangen. Dabei bedeutete eine U-Bahnfahrt immerhin eine Lücke im Ablauf. Man musterte die Umsitzenden, und nach längstens drei Stationen kehrte sich der Blick einwärts. Gedanken wurden laut. Doch er selbst ließ oft genug die Möglichkeit ungenutzt und nahm ein Buch. Wenigstens zehn, fünfzehn Seiten wollte er schaffen, um von Dingen zu erfahren, die außer dem Ablauf waren. Dennoch war es Teil des Ablaufs, in der U-Bahn das Buch hervorzuholen, die Brille zu wechseln und die Zeilen zu überfliegen. Das war ihm klar. Und es war eine Anmaßung, lächerlich wie gewisse Hüte.

Diesen Morgen ließ er das Buch stecken, wechselte nicht die Brille. Er suchte nach einem Grund. Es gab keinen Grund, warum er unangekündigt später heimkommen wollte. Es gab keinen Grund, warum er, einer Eingebung folgend, lieber allgemach schlendern und Bier trinken wollte, statt heimzufahren zu Julius und Elsie. Er hatte überhaupt keinen Grund, sich etwas anders zu wünschen, als es war. Wallenfels hatte keinen Grund zu hadern. Er führte ein zufriedenstellendes Leben, vieles war ihm gelungen – ein Wort aus politischen Grundsatzprogrammen. Von seinem Glück mit Elsie und Julius musste er gar nicht anfangen. Das war unstrittig, das war gegeben, nicht anzutasten. Sie lebten miteinander gut und teuer in einer großzügigen Wohnung. In ihrer Gegend lichtete sich die Stadt, und Parks mischten sich unter. Elsie liebte ihre Arbeit, jetzt kam sie auch in der Politik voran, und Wallenfels war es gelungen, mit einem Werk über das Beamtentum während der Zeit der Nationalsozialisten Beachtung zu finden, obwohl man ihm von dem Thema abgeraten hatte: Da sei schon alles bekannt. Wallenfels aber hatte neue Erkenntnisse zu berücksichtigen und mit unüblicher Schärfe zu einer Anklage zu bündeln gewusst. Dann war er der Aufarbeitung des Faschismus in der DDR nachgegangen und so zur Stiftung Aufarbeitung gekommen. Dort befasste er sich jetzt in fast völliger Freiheit mit der Rolle des Beamtentums bei der Stalinisierung. Er war nicht verdrossen. Er war nicht überdrüssig. Kein Schmerz. Womöglich handelte es sich um eine Taubheit. Das war nicht sicher auszuschließen. Aber um eine Taubheit festzustellen, war es nicht der richtige Weg, allgemach zu schlendern. Das war kein Grund, unerwartet zu spät heimzukommen; eine Ausrede vielleicht, aber kein Grund.

Wallenfels stieg aus der U-Bahn. Statt die Treppe nach oben zu nehmen, stieg er nach unten. Es gab hier einen langen Tunnel, der zu einer weiteren U-Bahnlinie führte. Der Tunnel war allgemein verhasst, denn an seinen Eingängen wurde angezeigt, wie viele Minuten bis zur Abfahrt der anderen Linie blieben. Jedermann hastete, und wer nicht hastete, war im Weg und wurde scharf überrundet. Wallenfels nutzte den Tunnel bei ungünstiger Witterung. Er brachte ihn trockenen Fußes fast bis zum Eingang der Stiftung. Vor allem aber gab es beim Abstieg in den Tunnel einen Treppenabsatz. Die Treppen standen rechtwinklig zueinander, und da alle Passanten, ihrer Hast wegen, die Ideallinie wählten, entstand auf dem Absatz ein ruhiger Ort, der bei Musikern beliebt war. Nachmittags und abends waren hier junge Liedermacher, die sich einem zahlreichen und vielfältigen, aber rastlosen Publikum bekanntmachten und selbstproduzierte Alben verkauften. Vormittags und mittags waren oft ausgezeichnete Solisten anzutreffen, Geigerinnen oder Bläser. Morgens dagegen gehörte der Treppenabsatz fast immer zwei Russen, die Akkordeon spielten. Sie mochten in Wallenfels´ Alter sein, vielleicht jünger. Offenbar waren sie hervorragend ausgebildet. Ihre Schlager waren Stücke von Vivaldi, virtuos gesetzt für zwei Akkordeons, die in verzückenden, ungestümen Läufen Zwiesprache hielten. Die Musik ergriff den eiligen Strom der Passanten, ein Strudel, riss ihn die Treppe hinab und stieß ihn hinein in die lange Hast des Tunnels, trieb ihn voran, machtvoll noch, dann schwächer, endlich verebbt. Umgekehrt sog er stark und stärker an jedem Menschenschwall, der durch den Tunnel herankam, in seine Flucht gebannt, ergriff ihn bald ganz und schleuderte endlich, was da auch kam, hinauf und hinan, und sprudelnd ergoss sich der Schwall auf den Bahnsteig; dort Bäche und Rinnsal. Herab und hinein und heran und empor. So war er durchs Schwimmbecken getaucht, getaucht, vorangezogen, bis er halberstickt am anderen Ende emporschnellte. Vorlängst hatte Wallenfels den beiden ein Album abgekauft, doch ohne den Tunnel bedeutete ihm das Spiel nichts.

Am zweiten September war Wallenfels absichtslos die Treppe hinabgegangen. Die Sonne schien und es gab keinen Anlass, sich durch den Tunnel treiben zu lassen. Er stieg zögernd die Stufen hinab. Nur einer der Russen war da, er spielte etwas anderes. Wallenfels kannte die Weise, er hatte sie viel gehört, damals, als er an seiner Abschlussarbeit geschrieben hatte, einer zornigen Abhandlung über die Sozialdemokraten im ersten Weltkrieg. Kein Julius, keine Elsie damals. Erst auf dem Treppenabsatz fiel es ihm ein: Schostakowitsch. Kein

Zweifel. »Ich muss den Kleinen hierher mitnehmen«, dachte er, fingerte einen kleinen Geldschein aus der Börse, legte ihn auf den Instrumentenkoffer und setzte sich auf eine Treppenstufe. Er wollte allgemach ein wenig zuhören.

Die Musik veränderte den Ort. Kein Strudeln heute, das Hasten im Tunnel wirkte beschwingt. Fast schien die Beleuchtung gedämpft. Wallenfels dachte an ein Kellerlokal mit Tanz, eine Jazz-Spelunke. In manchen Gesichtern bemerkte er ein Lächeln, meist eingekehrt, den Stufen zugewandt, hier und da aber auch Dank an den Musiker, der jedes flüchtige Nicken mit einem Strahlen erwiderte. Wie tänzelnd kam es die Stufen hinauf und hinab, einige Frauen, ein älterer Herr. Wallenfels erhob sich, kehrte zu seinem Bahnsteig zurück, kaufte dort an der Bude ein Bier und kehrte damit zu seiner Treppenstufe zurück. Das Wechselgeld gab er wiederum dem Musiker und murmelte: »Ich möchte doch noch ein wenig zuhören, bitte.« Der dankte überschwänglich. Na, nun, dachte Wallenfels, ich bin doch nicht der Großfürst, der Dich am Ohr krault.

Nun, da hatte er plötzlich, am Morgen des zweiten Septembers, sein Verweilen, sein Späterkommen, allgemach. Das war eine unerwartete Wendung. Er trank mit Appetit sein Bier, und als jemand mit einem Joint im Mundwinkel vorbeikam und Wallenfels der süße Duft in die Nase stieg, zündete er sich eine Zigarette an. So hatte er sich das vorgestellt. So etwas hatte er ersehnt, durchaus. Bloß hatte er sich hinsichtlich der Umstände geirrt. Und nun benötigte er auch keinen Grund mehr. Er war berauscht, sachte zwar. Dann holte er den Apparat aus der Tasche und schrieb eine Nachricht: Er komme nicht zur Besprechung. Keine Begründung.

Keine Entschuldigung. Als er den Apparat wieder einsteckte, musste er lächeln. Freilich hätte er den Kleinen mitnehmen sollen, statt ihn in den Kindergarten zu stecken. Auch ein Dreijähriger musste mal Abwechslung haben. Jeden Tag dieselben Gesichter: Stupsnasige Mädchen, lispelnde Jungen, Erzieher, Regeln und Betragen. Und Elsie – aber die hätte heute durchaus keine Zeit gehabt, fiel ihm ein.

Er streckte die Beine aus und suchte sich hinten im Tunnel Gesichter, die heranhasteten und begannen, die Musik wahrzunehmen, deutlicher mit jedem Schritt. Leider war er kein Menschenfreund. Auch die Begebenheit machte ihn nicht zum Menschenfreund, die gute Laune nicht, das Geschenk des Verweilens. Ihm waren nur wenige Gesichter lieb, die meisten machten ihn betroffen. Gesichter zählten zu den Widrigkeiten. Widriges kam zum Ausdruck: Taubheit. Anmaßung. Rührseligkeit. Immerhin, heute fielen ihm gleich mehrere Gesichter auf, die ihm gefielen. Sie gehörten einem Mädchen mit roten Lippen und schweren Gliedmaßen, einem Gebeugten, der in Schlangenlinien durch den Tunnel kam, und einem Herrn von straffer Artung, und allen eignete etwas Gutgesinntes, vage, aber nicht widrig. So ging das Bier zur Neige, und der Ablauf wurde wieder bemerkbar.

Undeutlich stellte sich die Frage, wie es mit dem Tag nach solchem Allgemach fortgehen konnte. Aber nun widerfuhr Fedor Wallenfels eine richtige Geschichte. Das Gesicht des Mannes fiel ihm bereits am anderen Ende des Tunnels auf, ein Gesicht von äußerster, von beispielloser Widrigkeit. Trotz der sommerlichen Wärme kauerte der Mann in einem geräumigen Jackett. Er schlurfte dicht an der Wand, so dass er von den

Hastenden nicht angestoßen wurde. Den Kopf hielt er gesenkt, eingezogen. Schon am anderen Ende des Tunnels fielen seine Augen auf, klein, hell, flink. Im Schutz der Lauerhaltung huschten seine Blicke über die Entgegenkommenden. Das Gesicht lagerte sich um den Blick, eine Befestigung, ein Wall von Feldsteinen, Palisade, unbehauen. Gelänge es, dieses Wesen aus der Deckung des Gesichts zu locken, dachte Wallenfels, bekäme man nackte Rührseligkeit zu sehen, ganz auf sich gekehrte, teilnahmslose Rührung. Im Wechsel der Hastenden wechselte der Ausdruck zwischen scheel, missfällig, rachlustig. Indem der Mann näherkam, erkannte Wallenfels, dass seine Lippen sich bewegten, sparsam, aber ohne Pause. Er gab Rede von sich, wispernd aber und anders als jene, die heiser brüllend durch die Straßen zogen. Als der Mann herankam, genierte Wallenfels sein Schauen, er senkte den Blick und erboste sich, dass er den Mann nicht zu mustern sich getraute wie das Gesicht einer Canaille im Zoo, benommen, betroffen von der Beschränkung der Seele auf Mordgier und stille Abgunst. Als er die Sandalen des Mannes betrachtete, die Aktentasche in der Rechten, an der Wandseite, die zum Knüppel gerollte Boulevardzeitung in der Linken, wo die Hastenden waren, wurde ihm gehässig. Die Gehässigkeit übertrug sich auf ihn, wie er sich herausredete, im Moment der Annäherung. Abgunst als Schwerkraftwirkung. Er vernahm das Wispern, wortlos zuerst. Dann unterschied er Satzfetzen: »…schwules Zigeunerpack… machen ihren Scheißlärm überall… kein Hund kackt auf die Treppe da, aber so Moslems…«

Wallenfels sah erschrocken den Russen an. Der spitzte die Lippen und schüttelte den Kopf, als sagte er:

»Ach, was denn schon. Das mag so sein Bewenden haben.«

Wallenfels aber, der dem Mann jetzt wütend nachstarrte, wie er die Treppe erstieg, in die Jacke gekauert, überließ sich seinem Impuls. Er sprang auf und nahm die Stufen in drei Sätzen, vom Zorn getragen. Sonst fühlte er kaum Spannkraft und scheute die Verausgabung. Oben wandte er sich um und trat dem Mann entgegen. Seine Hände zitterten. Darum sagte er nichts.

»Negermusik«, zischte der andere, »überall Negermusik.« Er war nicht im Geringsten erschrocken oder eingeschüchtert. Wallenfels vermutete Abstumpfung; Wirkung eines Lebens in Frieden und Freiheit. Die Blicke huschten kreuz und quer über Wallenfels´ Anblick, der sich von Käfern befallen meinte. Er stemmte die Hände in die Hosentaschen und sagte:»Sie glauben, sie könnten im Vorbeigehen Rotz und Eiter ausspritzen. Sie glauben, Sie müssten dafür keine Rechenschaft leisten. Sie täuschen sich. Was fällt Ihnen ein!« Wallenfels bemerkte schon beim Sprechen, dass dies kein Angriff in schillerndem Harnisch war, mehr ein kollegiales Abmachen in der Fußnote.

Die Wirkung der Worte erschien ihm gleichwohl paradox. Ein gehässiges Lächeln unterbrach das Wispern und kündigte Widriges an. Dann sah sich Wallenfels einem so heftigen Schwall von Hass ausgesetzt, einem Erbrechen, dass es ihm unmöglich war, vollständig zu verzeichnen, gegen wen sich der Hass richtete: Politiker, Journalisten, Homosexuelle, Moslems, Juden, kinderlose Frauen, kinderreiche Väter, Piloten, Einflüsterer, Biobauern, Geheimdienste, Technologiefirmen. Wann immer sich Wallenfels das Verzeichnis ins Gedächtnis rief, war es anders zusammengesetzt.

In diesem Augenblick jedoch, am Vormittag des zweiten Septembers auf dem U-Bahnsteig, war Wallenfels entschlossen zu handeln. Er wollte nicht auf die Fußnote verweisen. Er wollte Verwerfliches tun und für die Verwerflichkeit einstehen. Die einzige Möglichkeit, nichts Verwerfliches zu unternehmen, bestand im Rückzug nach oben, auf die Straße. Diese Möglichkeit schied aus. Wallenfels wollte Verwerfliches tun, sich in den Strudel werfen und durch den Tunnel treiben lassen. Die hellen Augen des Mannes standen für einen Augenblick still, auf Wallenfels' Hand gebannt, als er ausholte. Die Ohrfeige erwischte den Mann heftig, doch blieb er auf den Beinen und ließ auch die Aktentasche und die Zeitung nicht fallen. »Ich will Ihnen etwas sagen«, eröffnete Wallenfels, »Sie sind ein idiotypisches Arschloch. Sie sind indolent und weinerlich. Ihr Eigendünkel beißt Ihnen in der Nase. Ihre Impertinenz ist unerträglich.« Er gab ihm eine zweite Ohrfeige. Tasche und Zeitung fielen zu Boden. »In Dingen der Freundschaft sind Sie rührselig, zum Erbrechen, in der Feindschaft anmaßend. Aus allen Körperöffnungen sickert es Ihnen, Prätention und widrige Artung.« Die dritte Ohrfeige warf den Mann die Treppe hinunter vor die Füße des Russen, der missbilligend den Kopf schüttelte, aber zu einem neuen Stück ansetzte: Peter und der Wolf. Die Ziehharmonika jubilierte. Das Peter-Motiv. Wohlgemut und schön, voll Weltvertrauen.

Aber die dritte Ohrfeige rief auch Hastende auf den Plan. Einer griff Wallenfels in den Arm, andere schrien ihn an, wieder andere bargen den Gestürzten vom Treppenabsatz. Er wimmerte grinsend.

Wallenfels überließ sich dem Fluchtinstinkt und warf sich in den Tunnel. Hinter ihm auf dem Treppenabsatz ließ das Akkordeon den Wolf die Ente fressen. Eingangs des Tunnels stand Wallenfels das wimmernde Grinsen des Mannes vor Augen und machte ihn zu Mordtaten lustig. Aber der Tunnel war lang. Wenn bekannt wurde, was er eben getan hatte, konnte er seine Arbeit verlieren. Das war gut möglich. Damit gefährdete er seinen Sohn. Er durfte mit Julius nun auch nicht mehr herkommen, ihm den Tunnel zeigen, von Musik geflutet. Und er durfte auch ohne Julius nicht hierherkommen, nicht zu seinen üblichen Zeiten. Womöglich hasteten immer dieselben Leute zu immer derselben Zeit durch den Tunnel; Leute, die eben dem Mann zu Hilfe geeilt waren. Die konnten ihn wiedererkennen. Übrigens war das gar nicht nötig, da überall Kameras hingen. Immer noch eilte Wallenfels durch den Tunnel. Weit hinter sich erkannte er, sehr leise schon, das Jäger-Motiv. Während einiger Schritte war ihm, als dehne der Tunnel sich vor ihm aus, so dass er kein Ende erreichen konnte. Dann schien ihm möglich, dass er schwindelnd zusammenbrach. Als er die Treppenstufen erreichte, hielt er es für ausgemacht, dass er auf der Treppe zusammenbräche: Auf der Treppe! Wo sonst? Dennoch erreichte er den anderen Bahnsteig. Eine U-Bahn überholte ihn, Luftwirbel stießen in die Menge, dann ergossen sich die Leute aus dem Zug und warfen sich in den Tunnel. Er befürchtete, mitgerissen zu werden, behauptete sich aber. Inzwischen beherrschte ihn Angst.

Als er die Treppe zur Straße erreichte, war er sicher, dass ihn oben Polizei oder Sicherheitsleute erwarteten. Das war nicht der Fall. Schwer gezeichnet erreichte er den Eingang der Stiftung. Mühevoll herzlich grüßte er am Empfang. »So melden Sie sich doch krank, wenn Sie krank sind, Dr. Wallenfels. Sie haben ja Fieber!« Flach atmend wehrte er dem Mitgefühl und erreichte den Fahrstuhl.

Es gab allerdings noch eine andere Möglichkeit, dachte er. Es bestand die Möglichkeit, dass jener Mann, den er geohrfeigt hatte, keine Scherereien wollte; dass er nicht an die Öffentlichkeit hervorgezerrt werden mochte, auch nicht als Opfer mit rächendem Geschrei. Es bestand die Möglichkeit, dass der Mann so eilig als möglich wieder im Schutz seines Jacketts umhereilend wispern wollte, statt gehört zu werden mit Leid und Anklage. Fast hielt Wallenfels diese Möglichkeit für wahrscheinlich, als er den Fahrstuhl verließ. Der Mann war eine Assel. Im Flur zog er den Apparat heraus. Zwei Mitteilungen von Elsie.

Der Anblick seines Schreibtisches wirkte wohltuend auf Wallenfels. Da waren die Löwenbuchstützen mit den aktuellen Büchern, auf der Schreibtischunterlage ein kleines Häufchen ungeöffneter Briefe. Einige Papiere lagen verstreut in spielerisch akkurater Unordnung. Wallenfels hatte gerne ein Gleichgewicht von Ordnung und Unordnung um sich her. Er wollte keine Stapel von Büchern und Papieren auf seinem Tisch, wie es die Kollegen schön fanden. Aber er achtete darauf, dass immer mehrere benutzte Tassen dastanden. Er liebte Kaffeeränder auf Notizzetteln. Die Briefe ließ er liegen, schaltete den Rechner ein, ging zum Fenster. Auf der Straße unten waren um diese Zeit nur vereinzelte unschlüssige Touristen zu bemerken, die etwas suchten, was es hier nicht gab. Es war eine reine Bürogegend. Dennoch brachte man Touristen hierher, weil das früher anders gewesen war, vor siebzig, achtzig, hundert Jahren. Das hing der Gegend nach. Eben sowohl konnte man die Zedern des Libanon suchen. Am Eingang der U-Bahn sah er zwei

Uniformierte, Sicherheitsleute der U-Bahn. Er erschrak und trat vom Fenster zurück. Die Uniformierten rauchten, dann verschwanden sie treppab. Wallenfels warf einen Blick auf den Bildschirm, überflog seinen Posteingang. Nichts Ungewöhnliches. Eine junge Kollegin von der Stasi-Gedenkstätte lud ihn zu einer Besprechung ein. Die Kollegin mochte er, und er mochte sie nicht. Eigentlich mochte er sie überhaupt nicht. Sie näselte druckvoll, betrieb alles mit ungewöhnlicher Sorgfalt, war zwanghaft anständig, einfallslos und wenig schön. Nur dumm war sie nicht. Den zwanghaften Anstand bewies sie in beruflichen Dingen, ob er sich auch privat zeigte, mochte Wallenfels nicht gerne wissen. Er vermutete Gegenteiliges. Sie betrieb enormen Aufwand noch für die ärgerlichste Nebensache. Auch ihre Einladung hier war eine seitenlange Abhandlung ohne Punkt und Komma, ein einziges, widriges Hin und Her, Einerseits und Andererseits. Geseier. Wallenfels bestellte sie zum Mittagessen in ein Lokal unweit einer seiner früheren Wohnungen. Dort kannte er sich aus: Lokale, Fluchtwege, Bekannte.

Elsie fiel ihm ein. Er nahm den Apparat. Die erste Nachricht lautete: »Was ist also nun mit heute Abend?« Da noch eine zweite Nachricht folgte, antwortete Wallenfels nicht. Er konnte es auch nicht. Am Abend mochte er längst im Gefängnis schmachten. Ein Galgen, ein Strick, ein Nazi-Genick, dachte er. Das war unpassend, freilich. Elsies zweite Nachricht: »Extrem widerlicher Kerl heute in der U-Bahn: Saß neben mir, nuschelte vor sich hin, beleidigte eine Türkin, einen Zierbengel im Anzug und mich. Glaube, er hasste meinen Terminkalender. Oder meinen Ausschnitt. War kurz davor, ihn zu ohrfeigen.«

Wallenfels antwortete:»Hab' ich auch getroffen. Und ich habe ihn geohrfeigt. Fürchte Konsequenzen. Alles ruiniert. Verzeih' mir. Tat es für Dich, könnte ich sagen.« Die Antwort kam prompt:»Prima. Danke. Konsequenzen egal. Hau ihn. Hau ihn.« Wallenfels sank in seinen Sessel, dankbar.

In den Sessel gelehnt, erlitt er Schwindel, vielleicht vom Magen her. Ein Angstanfall, es hob ihn empor. Er musste etwas tun. Er musste abzuschätzen versuchen, was ihm drohte. Wallenfels versicherte sich, dass seine Tat noch nicht ruchbar geworden war: Keinerlei Meldung in den Medien, nirgends. Nicht der kleinste Hinweis auf ein Gewaltdelikt in der U-Bahn. Er schrieb an Elsie:»Gemach, gemach. Denk an Deinen Ruf. Du bist vorbelastet.«

Wallenfels erhob sich, schaltete den Bildschirm aus, schloss das Büro zu. Es wäre falsch, sich im Büro verhaften zu lassen für eine Handlung privater Natur, entlarvend, eine Bloßstellung des Privaten. Und er musste prüfen, wo am Bahnsteig die Kameras hingen. Unten am Empfang sagte er, dass er heute nicht mehr ins Büro komme. Er gab sich nicht die Blöße, Krankheit vorzutäuschen, gab aber auch keinen abweichenden Grund an. Das ermannte ihn, und er ertrug stoisch die teilnahmsvolle Bemerkung am Empfang. Eine schmierige Person:»Sie kennen mich, Dr. Wallenfels…« Das war nicht der Fall. Eine glatte Lüge, behauptet, um Fakten zu schaffen, Beziehung herzustellen, irgendeine Schwundform von Beziehung: Ich und der Dings, Wallenfels... Ein Heischesatz. Freche Bettelei. Wallenfels schüttelte sich unwillig. Womöglich schüttelte ihn die Angst. Es war eine Zeitwidrigkeit, seine Forderungen an die Wirklichkeit in Artigkeiten und Redensarten zu verstecken. Fallenstellerei.

Behauptungen, Forderungen maskierten sich und suchten, sich Bestätigung zu erschleichen. Das war von Übel. Der Wahlkampf war vorüber, aber überall hingen noch die Plakate. Das Übel war allgegenwärtig in den Straßen. Eine Ausnahme. Üblicherweise stak das Übel im Netz, dort war es allgegenwärtig, gemeiner, alltäglicher als im Straßenwahlkampf. Die Foren, die Plattformen, diese Sockel, auf die sich jedermann stellte, machten es unerträglich. Da alles öffentlich war, wurden es auch die Hintergedanken der Rede, die heimlichen Absichten des Alltags, die hässlichen Pläne jedermanns, seine stille Abgunst und heimliche Gier, Berechnung, ungesagt. Wallenfels wünschte sich, dass Ungesagtes gesagt; dass die Sprache offener werde, öffentlich. Stattdessen wurde Heimlichkeit allgemein, Intriganz zur Norm. Alles lag offen zu Tage, nichts aber deutlich und klar. Und keine Gewähr. Keine Gewähr. Alles bekannt. Übrigens mochte es wohl eine Art Hellsicht sein, eine cholerische Färbung des Gemüts, dass er in jeder Rede die stumme Berechnung erkannte; dass jeder Satz ihn drängelte und stieß. Es war ja mit Elsie nicht anders. All die Nachrichten.

Er war nicht in der Lage, durch den Ausgang wieder abzusteigen, aus dem er gekommen war. Er war nicht in der Verfassung, den Tunnel zu schaffen. So blieb er auf der Straße, hielt sich nahe der Häuser, falls er sich abstützen müsste. Ihm schwindelte wieder. Er sah an den Häusern hoch, um Festigkeit zu gewinnen. Nachwendeprunk, blockweise, einfallslos. Noch ein paar Jahre, dann konnte das alles wieder abgerissen werden, weil niemand mehr die Häuser ertrug. Der Verkehr gestaut und gedrängt, auf den Gehwegen Angestellte. Drei junge Kerle saßen mit den Füßen im Rinnstein, tranken

Bier, beobachteten, wie nahe die Autos ihren Füßen kamen, lallten in fremder Zunge. Das war hier öfter zu sehen. Vielleicht daher hatte Wallenfels den Gedanken ans Allgemach. Wider den Gebrauch; die Undurchsichtigkeit der Alldurchsichtigkeit.

Am Eingang zur anderen U-Bahnlinie zögerte er. Die Treppe führte hier von der Straße direkt auf den Eingang des Tunnels und den Treppenabsatz, wo die Musiker standen. Lieber kaufte er sich nebenan ein Croissant gegen den Schwindel. Beim Schlucken schmerzte es in der Brust, das hastig heruntergewürgte Croissant stak unten fest. Das kannte Wallenfels vom Lampenfieber, wenn er einen Vortrag halten sollte. Als die Schmerzen abklangen, beruhigte er sich auch über sein Vorhaben und stieg die Treppe hinab. Er schaffte es, ohne den Handlauf zu fassen. Sobald der Straßenlärm gedämpft war, wurde Musik laut. Wallenfels war noch nie von dieser Seite her in den U-Bahnschacht gestiegen. Die Treppe führte auf einen durch Geländer gesicherten Schacht. Die Musik stieg darin hoch. Vivaldi auf zwei Akkordeons, wie immer. Wallenfels umrundete den Schacht, ohne zu den Musikern runterzusehen. Er spähte nach Kameras, schritt den Bahnsteig ab, trat auf die andere Seite, sah nach beiden Richtungen, kehrte zu den Treppen zurück. Er vermied es, direkt in die Kameras zu sehen, aber es kam ihm albern vor, sich unauffällig zu stellen. Überhaupt kam er sich albern vor. In Agenten- und Gaunerfilmen wirkte es sehr überlegen und planvoll, wenn jemand die Gegebenheiten eines Ortes hinsichtlich seiner Absichten prüfte. Aber es war albern. Ein kindischer Beruf, bei dem man einen Ort untersuchen musste. Nicht weniger albern war es, als gefährlicher Mensch über den Bahnsteig zu gehen; als einer, der die Blicke der anderen meidet, um nicht zu planloser Untat versucht zu werden. Terrorismus, dachte Wallenfels, war ebenfalls ein albernes Geschäft, nichts für seriöse Menschen. Vermutlich weniger aus Geheimhaltungsgründen war es unüblich, sich anderen gegenüber als Terrorist zu bezeichnen, als aus Gründen der Selbstachtung. Es war peinlich. Übrigens herrschte ganz normaler Betrieb, nichts wies darauf hin, dass es hier vor kaum einer Stunde einen Vorfall gegeben hatte. Als Wallenfels seine Untersuchung beendet hatte, trat er in die Bahnsteigbude ein und ließ sich eine Flasche Wein geben. Er erweiterte die Sammlung alberner Berufe um Tierschutzaktivismus. Die Vorgehensweise war ähnlich. Erleichtert, schmunzelnd, die Weinflasche wie eine Keule umklammernd, schlenderte er zur Treppe. Zweifellos war es albern zu schmunzeln, aber es gefiel ihm.

Wie es schien, war dieser Ort gut geeignet, ein missliebiges Subjekt zu ohrfeigen, ohne Konsequenzen fürchten zu müssen. Kein Zweifel, dass etwelche Kameras auf dem Bahnsteig und im Tunnel ihn zeigten, aber sie konnten ihn nur als seriösen Menschen zeigen, der tat, was alle taten: Hasten, warten, weiterhasten. Zwischendrin ein Allgemach. Gemach entlastet. Das hatten die Kameras. Die Stufen aber zum Treppenabsatz der Musik und der Bahnsteig unmittelbar davor waren für die Bahnsteigkameras durch einen unlängst eingelassenen Fahrstuhlschacht verdeckt. Und in die entgegengesetzte Richtung blickte nur eine Kamera, die unmittelbar dort an der Decke hing, wo Wallenfels zur ersten Ohrfeige angesetzt hatte. Sie konnte ihn unmöglich erfasst haben.

Freilich gab es Zeugen. Die musste Wallenfels jetzt also aufsuchen und ausschalten. Das amüsierte ihn.

Albernheit kam auf, das Schmunzeln entartete. Grinsend stieg er die Stufen zur Musik hinab. Ich will mir mit Elsie heute Abend einen recht schockierenden Film ansehen, dachte er, mit einem finsteren Helden. Links und rechts seines Weges sinken die Opfer in den Kot.

Ach nein, dachte er weiter, wir müssen ja feiern.

Auf den Akkordeonkoffer legte er das Restgeld vom Weinkauf, aber der Russe – der eine, sein Russe – schüttelte den Kopf und sagte: »Genug bezahlt für heute. Rest umsonst.« Wallenfels nahm einen Zweier und ließ den Rest liegen. Es war ihm peinlich, in dem Geld herumzuklauben. Er suchte das Taschenmesser hervor und entkorkte die Flasche. Taschenmesser, dachte er, bewaffnet bin ich auch noch! Dann nahm er einen Schluck und wollte sein Allgemach fortsetzen. Es war so jäh unterbrochen worden. Jetzt also Musik.

Die Musik aber schlug sich feierlich durch die Höhen eines drangvollen Endes. Jäh setzte sie aus. Wallenfels hörte die Schritte der Hastenden und war pikiert. »Mutig«, sagte der Russe, »kommst einfach wieder und setzt Dich hin. War viel Aufregung. Leute laufen rum, telefonieren, Polizei, alle reden, schreien. Plötzlich ist er weg, der Mann. Du bist weg, der andere auch. Wie Käferchen. Huu, weg. Zwei Männer wie Spuk. Alle laufen rum, schreien, aber die Männer sind weg. Jetzt einer ist wieder da.« Er lachte.

»Gespenster«, sagte Wallenfels, »wundergläubige russische Seele.«

»Ukrainische Seele. Ukrainisch!«

Wallenfels entschuldigte sich betroffen. Ein bitterer Fehler, in Friedenszeiten schon und umso mehr in diesen Tagen, da Russen und Ukrainer einander widrig befehdeten. Das durfte nicht passieren. Eine dumme

Bemerkung. Rührselig, albern. Oben fuhr eine Bahn ein, Hastende strömten in den Tunnel. Er bemerkte, dass er wertenden Blicken ausgesetzt war. Er saß so mit der Weinflasche.

Die Musiker stellten ihre Instrumente ab und setzten sich zu ihm. »Ist okay«, sagte der zweite, »ukrainische Seele ist russischer als russische. Ich weiß. Bin Russe, wir hauen uns, dann Weinen.«

Das kam Wallenfels platt vor. Um das Thema nicht vertiefen zu müssen, reichte er die Weinflasche weiter und stellte sich vor. Die Musiker taten sich schwer mit der Flasche, zögerten.

»Ihor Ponomarjow.«

»Kasimir Sergejewitsch Wrubel.«

Sie sagten das in tiefem Ernst und betrachteten die Weinflasche.

»Ich will meinen Sohn mal mitbringen«, sagte Wallenfels und winkte nach der Flasche, »er ist drei. Er soll Sie hören.«

Nun tranken beide einen kleinen Schluck. Er dankte ihnen ernst.

»An die Arbeit«, sagte Kasimir Sergejewitsch Wrubel.

»Wir spielen für Dich«, sagte Ihor Ponomarjow. »Etwas Spirituelles.«

»Oh, ich glaube nicht an Spirituelles. Spielen Sie nur ganz unbekümmert. Ich will allgemach zuhören.«

»Allgemach? Was ist Allgemach?«, fragte Wrubel und schnallte sein Instrument um.

Wallenfels zögerte. »Allgemach, nun…« Er trank einen Schluck Wein und merkte, dass er seinem Magen nicht wohl bekam. »Allgemach ist eine Phase im Ablauf, gewissermaßen eine Verschränkung. Wie soll ich sagen…«

»Russische Seele ist allgemach?«

»Nein.«

»Klingt wie Anweisung in Noten. Misterioso, durchaus ohne Hast.«

»Das ist es. Das ist es!«, rief Wallenfels. »Comodo! Keck empfunden. Spielen Sie. Spielen Sie.«

Der Apparat piepste. Elsie. Wrubel/Ponomarjow nickten einander zu und setzten ein. Die Bälge dehnten sich und gähnten, Musik. Das Hasten schwoll.

Elsies Mitteilung war leer und ohne Sinn, bloß einige Buchstaben. Elsie wusste nichts davon, der Apparat rutschte in ihrer Gesäßtasche herum, während sie vermutlich im Plenum saß und dem Ablauf folgte, einige Bemerkungen dazwischenrief, Entlarvendes, Überzeugungen. Vielleicht machte sie sich Notizen für ihre Rede. Ihr Apparat handelte ohne Veranlassung, unvermutet bedient, da Elsie auf dem Polsterstuhl rumrutschte. Es war ein rührender, aber auch unzulässiger Einblick in Elsies Ablauf und Gegenwart. Wallenfels antwortete nicht; Gebot der Achtung. In anderen, alten Tagen konnten solche leeren Nachrichten schon mal Unglück über Unglück auslösen, dachte Wallenfels und versuchte, sich an ein Theaterstück zu entsinnen, eine bestimmte Textstelle, die er markiert zu haben sich erinnerte; um sich zu erinnern. »Statt Antwort ein verwahrt, doch ledig Blatt Papier.« Andreas Gryphius. Er kam nicht drauf, vergessen, nur noch Ahnung. Es war nicht Ablauf, dachte er, es war das Reden, das Benachrichtigen, die dauernde Rechenschaft – das war es. Daher kamen die Ohrfeigen. Eine Weigerung. Er schob den Apparat wieder ein, es piepte. Er holte ihn wieder vor. Freunde. Frederik vom Hinterhaus: Ob man nicht heute Abend auf ein Bier im Hof… die letzten warmen Abende des

Jahres… Elsies Wahl… und die Kinder hörte man durchs Fenster gut. »Ja, gerne«, tippte Wallenfels, »gebe Elsie Bescheid. Ich komme später, denke ich.« Das war kein Allgemach.

An Elsie konnte er auch später schreiben. Oh, er mochte Frederik. Der nahm sich Zeit beim Sprechen, und man musste warten, warten, bis er fertig war. Er mochte Alma, die den Namen Alma hasste. Und Julius mochte ihre Jungs, die Großen, Henri, August. Jetzt hatte er sich immerhin die Namen mal gemerkt. Alma, August, Frederik und Henri Mohr. Die Weinflasche fast voll. Ihn ekelte der Wein. Er wartete den nächsten Schwall von Menschen ab. Der hastete vorbei. Kaum abgeebbt, schwoll eine Masse aus der anderen Richtung. Da gab es kein Dazwischenkommen, keinen Abgang, allgemach. Er musste eine Richtung wählen und sich in die Hast begeben. Wrubel/Ponomarjow spielten, was sie konnten. Wallenfels bot ihnen die Flasche an. Kopfschütteln, er fasste sie wieder als Keule, passte den Moment ab. Dann ließ er sich die Treppe hochspülen, kurvte ums Geländer, schaffte noch die zweite Treppe und stand wieder auf der Straße. Die Flasche senkte er in einen Mülleimer und überlegte, ob er es wohl zu Fuß zu seiner Verabredung schaffte.

Wahrhaftig, die Frage stellte sich nicht. Wallenfels harrte noch auf der Verkehrsinsel am U-Bahnaufgang aus und sann auf den kürzesten Fußweg. Vielleicht am Wasser entlang. Er sann, wie er sonst hinkäme, mit dem Bus vielleicht. Achtlos sah er sich um, den Blick auf Vorstellungsbilder geheftet, Wege, Orte. Die Seitenstraße lag ausgestorben zwischen den Bauten, in der Hauptstraße dichter Verkehr, Lastwagen, Busse, schwere Wagen. Kaum Fußgänger, und die aus dem Untergrund quollen, verloren sich rasch. Ein bewegliches Ungleichgewicht. Warm wurde es auch, zu warm für diese steinerne Gegend. Es gab nichts Dunkles hier, kaum Farbe. Sandsteinfassaden. Viel Glas, kein Baum, der Himmel fahl, und das Sonnenlicht streute blass und grell im feinen Staub, vermilcht. Am Bäcker gegenüber herrschte Bewegung, langsam schoben sich Leute am Tresen vorbei. Die kleine Schlange erneuerte sich beständig. Es war wie höhere Absicht. Wallenfels vermutete Bestimmung. Seine Sinne sammelten sich langsam vom inneren Bild ins Gegebene. Er starrte auf die Schlange, bemüht, nicht die Personen wahrzunehmen, nicht einzeln, Gesichter. Nur wie sie ans Ende der Schlange sich fügten, dorthin gelenkt, gebannt in den Punkt ihres Endes, der fest war, und vorwärts, nach vorne kamen, zum Kopf – und abgesondert eines Weges gingen; vieler Wege, Brottüten in den Händen. Doch schob sich die Schlange an einem Objekt vorbei, das fest stand, kein Schild, kein Tisch, kein Türflügel, ein Mensch. Nach und nach sah Wallenfels ihn, und endlich durchfuhr es ihn: Der Mann dort erkannte ihn. Ein Zeuge. Er stand da, er schaute.

Das traf Wallenfels so heftig, dass er mit einer Frau zusammenstieß, im Schrecken. So riss es an ihm. Es war eine Art Hochgefühl gewesen, eben, das Schauen, so wurde ihm deutlich, benommen zwar. Hier war die Ernüchterung: Er war erkannt. Er musste zur Flucht sich wenden, entkommen.

Wallenfels überquerte die Straße. Derart geängstigt, sah er die Gefahr, die von ihm ausging. Ein Täter. Er ging gerade auf den Mann zu, passierte ihn in kurzer Entfernung. Das musste den Eindruck erwecken, er träte hinzu, wohl finsterer Absicht, die Faust um das Messer gekrampft. Aber Wallenfels sah nicht auf den Mann. Im

Augenwinkel erfasste er seine Gestalt, seine Kleidung. Jetzt nur kein Gesicht. Die Jacke recht grün, die Schuhe aus Leder, gemustert, noch neu. Mehr war nicht im Augenwinkel, und Wallenfels war längst vorbei. Er konnte nicht sagen, als er um die Ecke bog, ob der Mann sich bewegt hatte, um ihm zu folgen. Doch nahm er es an.

Wahrhaftig, er war auf der Flucht.

Wallenfels eilte durch die tiefe Schlucht der Hauptstraße. Er eilte durch die engeren Schluchten der Nebenstraßen. Er bog um Ecken, überquerte Abzweigungen. Obwohl geängstigt, arbeitete sein Kopf. Er arbeitete nicht gut. Zu Vieles fragte er sich zugleich. Wenn er sich umsah, erkannte er die grüne Jacke. Wallenfels sah sich nicht eigens um. Er wollte nicht einen solchen Eindruck erwecken, er sähe sich dazu veranlasst. Also sah er sich um, wenn es sich wie gelegentlich ergab. Dann sah er sich dennoch eigens um, da er nicht den Eindruck erwecken wollte, er sähe sich nicht veranlasst, sich umzuwenden und den Verfolger missbilligend anzusehen. Leider schwindelte ihm wieder. Seine größte Furcht war, sich abstützen zu müssen; dabei gesehen zu werden. Missbilligung will stehend vorgetragen sein. Wallenfels weigerte sich, seine Wege nach Erfordernissen der Flucht zu wählen, Gegebenheiten zu suchen, die den Sichtkontakt unterbrachen; Schleifen zu gehen, um zu ergründen, ob er verfolgt wurde. Albernheiten. Man konnte kein vollgültiger Mensch sein und sich zu solchem vermocht wissen zugleich. Er kam an eine breite Magistrale.

Vielspurig rollte Verkehr, darüber weitete sich der Blick auf die Flucht der weiten Schneise. An den Rändern wucherten Bauten wie elendes Brachgestrüpp. Die Absichten des Alten und Neuen lagen im Streit miteinander. Altes behauptete Räume um sich, die vergangen waren, Gassen, Wirren, gebeugt. Neues riet, neu zu erschaffen den Raum längs der Schneise, wand sich empor. Es stemmte sich auf und prahlte, das müsse sein. Aus dem Alten aber spukte das Gassengewirre über den Kahlschlag, gähnte verwinkelt und schaurig über die Leere der Fahrspuren.

Jenseits der Schneise ein anderes Viertel, der Fluss, Wahl in der Möglichkeit, Wege. Wie aber hinüber! Die nächsten Ampelquerungen lagen fern und seitab. Das bot die Möglichkeit, sich abermals umzusehen. Doch gerade jetzt erhöhte sich die Angst. Sie saß ihm im Nacken, versteifte ihn, zwang den Blick starr auf die Straße. Angst packte Wallenfels, dass jetzt, im nächsten Augenblick, der Mann rückwärts an ihn heranträte. Deutlich spürte er, dass es in diesem Augenblick geschehen musste. Jetzt. Gleich. Er dachte nicht, was dann wäre. Er dachte nicht, warum es so käme. Er wagte nicht, Hinweis zu fordern, Beweis des Gewissen. Bloß die Erwartung packte ihn, zwang ihn und hielt ihn in Angst, und er sprang in den Verkehr. Es trieb ihn hinein, inmitten des Stromes, des Wälzens, es hob ihn empor und stieß ihn. Die Kräfte wuchsen, mehr als wirklich. Das war der Angst entlehnt, dem Wahn gestundet. Um ihn fugte in Läufen und Phasen, in Stimmen und Takten Verkehr, fächerte und doppelte und schwand. Wallenfels war ohne Schwindel im Verkehr, die Angst trug ihn genau und nahm die Körperschwere, seine Last zum Flug; die Bahn scharf geschnitten. In der Mitte ein Verschnaufen, Landen, Lasten. Mitten in den Strömen parkten Autos, zwei Reihen im stumpfen Winkel. Jenseits wieder Flug im Allgemach des Wagenstroms. Dann war er drüben. Der

Puls ging hoch, der Atem flach. Durch ein Gebüsch erreichte Wallenfels den Fluss.

Jetzt gab es Möglichkeiten. Er sah sich um. Zum Glück nahm das Gebüsch ihm die Sicht. Wenn er jetzt schnell war, konnte er sich wenden, die Straßenschneise abermals, doch unterqueren. Am Wasser lief ein Steg, darüber weit und breit die Brücke. Dahinter konnte er entkommen. Oder aber längs des Flusses, ruhig am Ufer, bis zur Beuge vorne, wo ein Park war, einsam und geeignet für Gewalt und Wegelagern. Oder stracks zum Ziel und auf die Deckung vieler Wege setzen, Nachkriegshäuser hier, verteilt in deckungsreiches Grün, gemach durch alte Gassen, neue Häuser, die da wuchsen, Luxusbauten mit gegliederter Fassade, die ins Alte sich wendeten, ans Alte gehalten, rührselig. Er dachte: Ufer. Dachte: Wasser gibt Ruhe, allgemach. Der Spuk ist mal vorüber.

Also dachte er und nahm die Wasserlinie, silbriggrün bewegt. Zur Mauer Trägheit, Schwappen, in der Fläche rauh von Winden aufgebürstet. Wallenfels roch einen Hauch von Moder in der Frische, einen Sommerduft, schon in den Herbst gewendet. Alte Kähne lagen hier am Kai in Zweier-, Dreierreihen. Die Schleuse vorne spie zwei Ausflugsdampfer aus. Und Wallenfels schritt ohne Schwindel, ohne Hast und Last die Häuser ab, fast allgemach. Vielleicht nicht ganz im Gleichgewicht. Der Flussgeruch tat wohl. Das Wasser wirkte. Vorne an der Schleuse weitete es sich zur Fläche, mannigfaltige Bewegung, Stauchen, Strecken, ausgebreitet. Und der Ort tat wohl. Die Uferstraße zog sich ruhig und gerade, rechterhand die Häuser, links das Wasser, Kähne, hier und da ein Knarzen, leises Ächzen. Keine Möglichkeiten hier, kein Abweg, es gab kein Entrinnen, nicht für

Wallenfels, und nicht für den Verfolger. Niemand konnte hier entweichen. Wallenfels bereitete das Ruhe, schon Zufriedenheit. Hier hatte sein Verfolger keine Deckung mehr. Er hatte keine Ausflucht, konnte zwar leicht folgen, doch sobald sich Wallenfels entschloss, sich umzuwenden, gab es keine Ausflucht: Der Entdecker war entdeckt, entlarvt, erkannt, stand als Verfolger da, ein Widriger, und musste sich Missbilligung gefallen lassen, Tadel, Vorwurf. Nicht, dass Wallenfels sich umwandte. Er hätte können. Das gab Mut. Es gab ihm Überlegenheit. Er drehte sich nicht um, er konnte nicht; und dennoch stand es ihm ja frei, zu jeder Zeit. Er hatte klug gewählt, den rechten Weg. Das freute ihn. Und er erholte sich. Fast fühlte er sich stark, gesund und stark. So hatte er sich lange nicht gefühlt, Jahrzehnte nicht. Gesund und stark, im Recht. Er hatte recht, er war im Recht. Er stak ihm in den Beinen, wuchs ihm aus dem Beinen zu. Er fühlte es in beiden Beinen, wie sie ihn getragen hatten, eben, als er durch die Autoschneise flog, wie ohne Last und Schwere, himmlisches Gebein, vom Geist getragen, seiner Last enthoben, ohne Schwere. Nun, er konnte sich ja umdrehn, konnte den Verfolger stellen, ihn missbilligend erwarten. Und er konnte angreifen. Das war ihm möglich und gegeben: Zuzueilen auf den Mann. Er konnte ihn ins Wasser stoßen, an die Hauswand werfen, gegen die Laterne rammen, ihn vernichten.

Wallenfels sah auf den Weg vor sich. Er sah aufs Wasser. In der Tasche hatte er ein Messer. Zwar – ein Taschenmesser, und die Klinge wackelte. Sie stand nicht fest, und eher schnitt er sich damit den Finger ab als tief im Leibe seines Feindes durch Gewebe, Adern, kostbar

Innerei. Er musste so den Winkel stechen, dass die Klinge stand; nicht klappte, stand.

Er sah aufs Wasser, silbrig-grün mit einem Hauch von Moder.

Wallenfels dachte jetzt mit völliger Klarheit. Das alberne Messer benötigte er nicht. Es taugte als Werkzeug: Weinflaschen, Äpfel. Überraschend und präzise treffen musste er. In Gedanken ging er mehrere mögliche Bewegungsabläufe durch: Schlag aufs untere Brustbein aus genauer Entfernung, so dass die Faust größtmögliche Bewegung trug, nicht zu nah geführt und nicht zu fern. Den Ellenbogen gegen das Kinn gezogen, da galt nur Nähe, Überraschung. Und er konnte auch einfach losstürmen und im Ansturm einen Schlag vortäuschen, um eine Abwehr zu bewirken, dann den ausgestreckten Arm ergreifen und mit jener Bewegung auf den Rücken verdrehen, die er im Rettungsschwimmen einst geübt hatte. Wallenfels war kein Schläger. Er verfügte nicht über Erfahrung in dergleichen. Doch war es vorgekommen, dass er in Gedanken jemanden verprügelt hatte. Wallenfels war überzeugt, dass gedankliches Verprügeln so gut eine Übung im Prügeln war wie jede Art von Praxis. Er konnte wuchtig schlagen. Hatte er nicht beim Sport oft auf Schlagpolster gelangt, dass der andere sich hatte kaum halten können? Durchaus.

Nachdem Wallenfels in Gedanken einige Weisen seines Angriffs auf den Verfolger durchgespielt und in voller Klarheit vor sich gesehen hatte, erlebt geradezu, schwindelte ihn erneut, und heftiger als zuvor. Kaum, dass er sich auf den Beinen hielt. Er stakste vorwärts, verhielt, das war noch schlimmer; ging weiter. Der Blick aufs Wasser half nicht. Wallenfels wünschte sich mehr Gleichgewicht zwischen Schwindel und Klarheit. Eine

Meeresstille, Wasserruhe. Langsam kam die Flussbiegung näher. Dort lag der kleine Park, den Wallenfels ausgesucht hatte. Dort sollte der Schauplatz sein.

Schon hatte Wallenfels das letzte Haus der Zeile erreicht. Nun Kastanien, Linden, eine Wiese, wenig einladend. Mehr etwas für Hundebesitzer. Die ganze Gegend war durch Krieg und Nachkrieg ruiniert. Es musste einmal schön gewesen sein hier an der Biegung, bei der Insel. Alter Siedlungskern, inzwischen planlos, ausgestorben und verwildert. Dort das Museum war einmal ein Ort gewesen, über Brücken zu erreichen, rückwärts in die Stadt gebettet. Heute fehlte eine Brücke, rückwärts abgestorbene Bebauung, Brache, Industriebaracken, gegenüber Hochhauswüste. Magistralen. Er kannte Leute im Museum, stadtgeschichtliche Abteilung. Brave, gute Leute, die leidlich ihr Gebiet beherrschten. Keine Leuchten. Ihre Arbeit war genau und hielt sich treu zur Übereinkunft, dass Faschismus widrig sei, jawohl. Das war einmal beschlossen. Vorher aber, nachher, je! Es muss ja zu der bösen Zeit ein Vorher, Nachher geben, nicht? Und das war ganz normale Zeit für diese Leute, war Geschichte, wie man sie recht gerne haben mag, normal geschichtlich eben und der Vorstellung bequem: Sehr heimelig und wahr und echt, ein Früher wie der süße Traum von alter Zeit. Das plätschert so daher, dann plötzlich Unheil, Bosheit, Diktatur, auch Mord, dann ist es aus – und plätschert wieder treulich fort, der Gegenwart entgegen, um ihr etwas – nur ein wenig – mitzuteilen von der Süße alter Zeit. Am besten ist Geschichte doch gemütlich, Zufluchtsort für Herzen, die es traulich mögen und beengt, und die das Wenige, was sie von alten Zeiten wissen, schon für alles halten, was mal war. Kein Wunder, dass die alte Zeit so übersichtlich und vertraut anmutete. Wie war das damals schön. So einladend, wahrhaftig.

Nun, kein Wunder, dass die Übereinkunft bröckelte, wie eine Mauer, die aus Willkür aufgezogen war. Kein Wunder, dass die böse Zeit bald wieder traulich schien und wahr und echt. Kein Wunder, da die Übereinkunft nicht im Vorher, Nachher tief und fest gegründet war und eben nur die Zeit des Schreckens, die paar Jahre, von der Vorzeit trennen musste, heimelig und schön, dass man schier früher leben wollte. Nein, kein Wunder, solche Übereinkunft wird geschleift. Sie wird geschleift durch Widrigkeit; durch Widrige, die Ohrfeigen verdienen. Und die taten sich schon überall hervor. Die wurden zahlreich, volkreich. Und schon waren sie, die Spötter, Leugner, Hasserfüllten, wieder in die Räte eingezogen, wo sie Elsie barsch und frech zuwider taten. Die Frivolen. Nach der Saalschlacht ins Museum, wo man sich die Hände wärmt am guten, schönen Alten.

Also Wallenfels, und schritt auf das Museum zu. Kaum war der Park ein Park, vielmehr ein Vorgarten. Inmitten liefen Stufen hoch zur Wiesenfläche, dort, wo einst die Brücke war. Verteufelt aber. Wallenfels hielt inne. Wahn. Das musste Wahnvorstellung sein: Ihm war, als habe er den Kampf schon hinter sich; als habe er den Kampf gekämpft. Gewonnen. Wie, auf welche Art, um welchen Preis, war undeutlich. Wohl drei und mehr dergleichen Kämpfe waren ihm erinnerlich, und sie bestritten sich. Ein jeder wahr, und war dem Wahren feind. Um zu entscheiden, wie der Kampf gekämpft, gewonnen war und der Verfolger ausgeschaltet, musste Wallenfels sich drehen, sehen; musste wissen, wo er war. Denn daraus folgte, wie er vorzugehen hatte. Daraus leitete sich ab, ob er den Mann ins Wasser warf, ob er das Messer zog, die Fäuste schwang: Er musste wissen, wo er war. Doch Wallenfels erinnerte sich nicht, sich umgewandt zu haben; nicht, den Mann erkannt zu haben, ihn berannt zu haben, dort am Wasser oder an den Häusern, weit entfernt von ihm noch oder nahebei; und nicht, sich aus der Lage einem Vorgehn zugewandt zu haben: Also wird's gemacht, und los! Da überkam ihn Angst. Er wusste nicht, ob er etwas getan, begangen hatte, ein Verbrechen, wirkliches Verbrechen. Blut und Mord. Es könnte sein. Er hatte das getan. Vielleicht war er auch im Begriff, es zu begehen, das blieb gleich. Die Folgen waren einerlei. Er überlegte. Übrigens, es reichte aus, dass er den Mann berannt, in Wut gestoßen hätte und berannt, so dass es ihm zum Mord geriet. Und Wallenfels erinnerte sich deutlich, was geschehen war: Womöglich hatte er den Mann an den Laternenpfahl gerammt, wie unabsichtlich. Schädelbruch, Genickbruch konnten da die Folge sein. Auch unabsichtlich. Ein genau geführter Faustschlag mochte eine Atemlähmung wirken oder Schlimmeres, zum Herztod führen. Im September schließlich musste man nicht gleich erfrieren, wenn man mal ins Wasser fiel, jedoch ein plötzliches Ersaufen war nicht auszuschließen, nein. Und wenn der Mann nicht tot war, konnte er verletzt sein, schwer geschädigt, blöd womöglich, Hals verrenkt. Und alles nur, weil Wallenfels entschlossen, ja entschieden gegen ihn gehandelt hatte.

Wallenfels suchte, sich zu ermannen.

Wahn. Es handelte sich um blanke Vorstellung. Mit ihrer Hilfe erkannte er Unwägbarkeiten, die es zu bedenken galt. Unwägbarkeiten bereiteten Wallenfels Sorge.

Es war übrigens eine Albernheit, den Verfolger ausschalten zu wollen, fiel ihm ein. Kasperei, dergleichen
stellte keine Möglichkeit dar. Notwendig war es schon
gar nicht. Das kam in Unterhaltungsfilmen vor, von
Schauspielern ins Bild gesetzt. Man tötet nicht in Not,
man tötet zur Unterhaltung. Also dachte er. Doch führte
er kein Schauspiel auf, er ging ja durch die Stadt, war
auf dem Weg zu einem Arbeitsessen.

Gleichviel: Er musste sicherstellen, dass er nicht verfolgt war. Schlicht zu arg war es, verfolgt zu sein. Das
schickt sich nicht, und noch dazu von einem Mann in
grüner Jacke. Grün ist widrig. Grün sind Frösche, Heu-
schrecken sind grün, sonst nichts. Sind Pferde grün und
Bären? Eber? Wie? Warum um alles in der Welt sollte ein
Mann mit grüner Jacke gehen wollen! Das allein war
Grund genug für rasche und entschiedene Handlungs-
weise.

Gut. Die Treppenstufen hoch zum Park wie Ränge im
Theatersaal. Das schien die Anlage ihm auszudrücken,
dazu war der Ort gemacht: Für Publikum und Spiel. Es
wurde Wallenfels jetzt klar. Dort johlte Publikum und
stampfte mit den Füßen. Hier das Spiel, die Straße.
Bühne. Hintergrund: ein Fluss. Und es durchfuhr ihn.
Übermeisterung und Glück. Er war ja keineswegs zum
Spiel genötigt. Keinesfalls oblag ihm die Entscheidung,
wie der Widrige ums Leben oder sonst zu Schaden kam.
Er war der Schöpfer nicht, der Autor, Dramaturg des
Spiels. Er brauchte sich nicht einmal umzudrehen, links-
rum, wo es kein Entweichen gab; woher er kam, verfolgt, gehetzt; wohin zu sehen, nur zu ahnen, er sich
fürchtete. Das war nicht nötig, weder um zu sehen, wo
er war, noch um zu sehen, wie er vorzugehen hatte. Weder galt es, was gewesen, noch was wurde. Alles albern,

hinfällig und reine Kinderei. Es war nur eins zu tun, kaum war es Handlung, mehr Geschehen, um das Spiel herum. Er musste sich dort auf die Stufen setzen, mit den Füßen stampfen, johlen, sehen, musste sitzen, rauchen.

Endlich rauchen. Wie um alles eigentlich? Da hatte Wallenfels im Andrang all der Dinge, seit dem Allgemach beim Bier, nicht eine Zigarette mehr geraucht. Im Ganzen waren es nicht mehr als vier bisher, und unter diesen Umständen! Wenn er nur mehr geraucht hätte! Es wäre nicht so weit gekommen. Die Besinnung! Muße. Wasserruhe. In der Stiftung kannte Wallenfels Kollegen, die gemeinsam rauchen gingen, die Verabredungen trafen! Rauchen? Rauchen, auf der Straße. Hinterm Haus. Nein, gegenüber, vorm Café. So lärmte es im Flur, und endlich kleidete man sich mit Umstand an und ballte sich im Flur und lärmte da und zog gen Fahrstuhl. Auftrieb war das. Diese Angeregtheit! Auf ins Freie? Halte Dich im Dickicht Deiner Gruppe. Also standen sie da unten, sprachen, rauchten, angeregt im Kreise. Widrig. Unreif war das, unreif. Einkehr soll man nehmen. Wallenfels erschien es tugendhaft und weise, um Besinnung, Muße, um Gedanken, Abfolge – allein zu rauchen. Abfolge: Allein – und unter Menschen – und allein – und wieder unter Menschen.

Also lenkte er, noch immer gangunsicher tief vom Magen her, die Schritte zu den Treppenstufen. Kleiner Schwenk nach rechts, ein Schwanken bloß, im Taumel. Langte nach den Zigaretten, setzte sich. Der sieben Stufen vierte war ihm lieb, und zündete die Zigarette an. Er sah aufs Wasser, auf den Weg vor ihm.

Er atmete. Er blies den Rauch. Dann lachte Wallenfels. Vielmehr, er lächelte, doch sehr vergnügt; dem Wasser zu, der Wolke drein. Er wandte seinen Blick nicht rechts, nicht links. Wozu? Die Bühne hat kein Rechts und Links. Er kam ja. Kein Entweichen.

Wallenfels war sicher. Der Verfolger ging nicht fort. Der drehte nicht so einfach um, und bloß, weil Wallenfels sich hingesetzt, gesonnen, Zuschauer zu sein. Ganz sicher nicht, und was auch sonst? Der wird sich kaum an die Laterne lehnen, Apparat hervor, und sehen, was es Neues gibt! Das war nicht nach der Art von Menschen, die dem andern folgen. Also musste er passieren. Wenn er überhaupt noch da war, musste er passieren. Wallenfels war stolz: Die Straße längs am Ufer, ohne Abweg, dann der Abzweig auf den Rang, sein elegantes Weichen in die Schau. Jetzt saß er, schaute zu. Das war gekonnt gemacht. Das war nicht Gottsched. Shakespeare. Stolz war er. Der Mann war vorgeführt. Er kam nicht, freilich, aber er war vorgeführt. Und Wallenfels, der Zuschauer, sah still und starr nur vor sich auf den Weg. Im Hintergrund ein Fluss. Und niemand kam. Das Stück begann. Und Wallenfels genoss das Spiel.

Dritter Auftritt, erste Szene: Wallenfels. Von links der Grüne. Jetzt, als Zuschauer, sah Wallenfels ihm ins Gesicht: Recht kantig, aber arm im Ausdruck, bei gestraffter Haltung. Aus den Augenwinkeln sah der Mann zu Wallenfels hinüber. Lehrer. Dramaturgisch unbeleckt. So spielt man nicht: Das Publikum im Blick. Das Publikum ist nicht bemerklich, wird auch nicht mit Blut bespritzt. Die grüne Jacke passte nicht zur Haltung, zur Erscheinung, schlechte Requisite. Nahe an der Wasserkante suchte er, die Bühne zu passieren. Bühnen werden nicht passiert. Das Publikum sprang hoch und stürmte los und rannte, Wallenfels. Er stürmte wie ein Stier und stieß den Widrigen ins Wasser. Jetzt erst sah er, dass ein

Nachen festgemacht war, unten, krängte träge auf dem Fluss. Der brach dem Fallenden das Kreuz. Da lag er, quer im Nachen.

Anders. Nein, ganz anders. Der Verfolger war ein Kerl, war wuchtig, war brutal und treu, vom Landser-Typus. Ging gebeugt, als trüge er Tornister, tief gen Osten zielend, langsam festen Marschtritts. Unaufhaltsam kam er an, Soldat, ein Treuer, stets zu Greueltat bereit, die Augen feucht schon für ein gutes Wort, ein Schulterklopfen, tappte auf die Treppe zu, gemach, fast allgemach. Doch ist das Wort für solche nicht gemacht. Und sagte: »Was getan ist, war verboten. Mach´ Dich fertig, sei bereit.« Und Wallenfels gehorchte, machte sich bereit und folgte treu dem Manne ins Gebüsch. Da sollte standrechtlich mit ihm verfahren sein, doch Wallenfels, mit seinem Rettungsschwimmergriff, erledigte den Kerl, Genickbruch, warf ihn ins Gebüsch.

Da sollten ihn mal die Kollegen finden, die Museumsleute hier, wenn sie in breiter Reihung durch den Park zum Mittagessen schwärmten. Keiner hinterher, da galt es: Allesamt gleichauf! Sonst könnte das wie Rangabstufung wirken, unterschiedliche Beliebtheit. Eine Reihung lässt sich auch kommod zum Kreis umformen, um den Fund herum, die Leiche. Greulich anzuschauen. Angesichts des Landsers, aufgestellt im Kreise, ließ sich denn die Übereinkunft prompt und sicher an: Abscheulich. Untat. Ja, wer tut so etwas? Oh Abscheulichkeit, oh Untat. Lasst uns das von Wohltat unterschieden sein. Von Wärme, Frieden, Licht. Warum das Opfer im Gebüsch lag? Nicht im Wasser trieb, auf einem Nachen schaukelte, mit schauderhaft verrenktem Gliedmaß? Oh, egal. Gleichviel. Die Sache war abscheulich. Das Abscheuliche ist etwas anderes, es sondert sich vom Lauf der

Dinge ab, berührt sie nicht. Es kennt nicht Grund, nicht Folge, es geschieht nicht; es ist bloß abscheulich.

Wallenfels saß da. Er brummte fast.

Womöglich brummte er, so sehr war er vertieft.

Zwei Punks kamen vorbei. Die hielten keinen Marschtritt. Sie schlurften, die Füße in freier Folge gesetzt. Wallenfels war erleichtert, abgelenkt. Er mochte Punks. Er sah sie stets mit väterlicher Rührung.

Diese Schnürstiefel mit dem weichen, schlanken Schaft! Die bunten Haarbürsten, das Kettenklingen. Wallenfels erhob sich, wollte sie nicht gehen lassen, schloss sich an. Vielmehr, er folgte ihnen in kurzem Abstand, wie sie zu traben bemüht, beschirmt durch ihren frevelhaften Trotz. Übereinkünfte? Abläufe? Harter Stiefel, weicher Schaft. Leider klirrte Wallenfels beim Gehen nicht wie sie. Er stolperte mehrmals, vielleicht, weil seine Füße noch um Marsch und Tritt bemüht waren, Wallenfels aber um ein freies Schlurfen. Er sah sich nicht weiter um. Sein Schritt war fest und schlurfend, auch ohne Stiefel. Allgemach durchquerten sie das Grün, gelangten auf das Brachgelände. Schuppen, Mauern, Hallen. In den Flächen wucherte Gestrüpp. Hier kannte Wallenfels sich aus. Seit vielen Jahren schon gedieh auf dem Gebiet, nur nachlässig getarnt, die Anarchie. Ein Wunder mitten in der Bauwut jahrelanger Konjunktur. Der Abriss konnte jederzeit beginnen. Einstweilen tauchten Clubs auf und verschwanden, zwischen Schuppen und Ruinen eingestreut, in Mauern und Gelassen siedelnd, und wurden bevölkert von kurzlebigen Pioniergesellschaften, Kulturfolgern, Schuttpflanzen, Nischensuchern: Disteln, Gräser, Füchse. Punks und Kiffer, Obdachlose, Musiker. Ruderalgesellschaft, dachte Waffenfels, Weg-Malve und Mäuse-Gerste, und

überlegte, ob er in jüngeren Tagen auch zu den Schutt-
gewächsen der Stadt gehört hatte; ob er sich dazuzählen
musste. Nein. Die Brache hatte ihm zwar Schutz und
Schirm bedeutet, aber nur kulissenhaft, im Hintergrund,
als Zeichen, war kein Lebensraum gewesen. Jetzt
schlurfte er hier wieder über rissigen Asphalt. Lattich,
Kletten, Natternkopf brachen durch die Löcher. Vor einer Mauer, zwischen Trümmerblumen und Spring-
kraut, eine Gruppe Punks, schon eine Horde. Viele
Hunde. Die zwei vom Fluss gesellten sich dazu. Sie
sprangen zweien, die da standen, auf den Buckel. Aus
dem Rangeln wurde rasch ein Spiel.

Wallenfels suchte ein Stück Mauer, setzte sich und
nahm sein Buch vor. Tarnung. Die Septembersonne
wärmte jetzt entschieden. Er wechselte die Brille, besann
sich, wechselte sie abermals.

Wallenfels war hingerissen. Was als Übermut begonnen hatte, Toben, Springen, gab sich augenblicklich Regeln. Reise nach Jerusalem. Sie spielten Reise nach Jerusalem, sie tanzten Polka, hatten altersschwache Plas-
tikstühle. Bloß die Regeln wichen ab. Die Stühle wurden
ausgeschieden, nicht die Mitspieler. Nach jeder Runde
wurde ein Stuhl fortgeworfen, weil er ganz und gar zerbrochen war, und die Horde warf sich mitsamt ihrer
Hundeschar auf die verbleibenden Stühle, verknäulte
sich und krabbelte durcheinander, bis wieder ein Stuhl
zerstört war. Eine munter regelhafte Umkehrung und
Übertretung. Und also dachte Wallenfels: Wie, wenn
diese Schar dort Stuhlpolka mit seinem Verfolger spielen wollte? Er blickte auf das Brachgelände, im Hintergrund Ruinen, und stellte sich die Szene vor. Es machte
gar keinen Unterschied, ob sein Verfolger als Stuhl oder

Mitspieler genommen wurde. Am Ende wurde er zerbrochen ausgeschieden.

Wallenfels erhob sich und ging. Da war kein Allgemach zu haben, solange ihm derart die Gedanken dazwischenkamen. Er verließ das Gelände nach der anderen Seite hin, ging durch einige Straßen. Kein Schlurfen und kein Schlendern. Vor einem Lokal, das er früher gelegentlich besucht hatte, blieb er stehen, unschlüssig, sah sich nicht um. Dann trat er ein.

Wie eh und je umfing ihn schäbige Alteingesessenheit. Dieselben Kuchen, dieselben Schnitzel. Bloß mangelte der Qualm, der einmal im Lokal gehangen hatte, Qualm von schwarzem Drehtabak und dünnen Zigarillos. Jetzt war es staubig dunstig, Sonne schien durch stumpfes Glas. Er mied die Sonne, setzte sich in eine Ecke und bestellte Kaffee. Schon dieses Wort zu sagen, das hier säuerliche Brühe nannte, reizte seinen Magen, trieb ihm Pelz auf Zunge, Zähne. Schlamm und Bitternis. Er fingerte den Apparat hervor. Sieh an, von Elsie, und schon eine halbe Stunde alt: »War nicht die deutlichste Nachricht, die ich Dir geschickt habe. Aber antworten kannste schon…«

Wallenfels überlegte, was er ihr schreiben sollte. Er konnte ja nicht gut alles, was ihm heute früh widerfahren war; alles das in eine so kurze Mitteilung verpacken und in den Apparat tippen. Übrigens war das auch nicht möglich, andererseits, denn was geschehen war, wusste Elsie, und seither war nichts geschehen. Bloß Spuk, Theater, Einbildung. Ein Spiel der Vorstellung und Flucht, gesondert von dem Vorliegen von Gründen und zerfallen mit der Folge des Geschehens, der Berichtbarkeit entrückt. Für wahr zu nehmen, dass etwas passiert war, etwas Folgenschweres, war Verrücktheit. Und

Verrücktheit nimmt den Traum für bar. Jedoch er war gesund. Er hatte Phantasie, das wohl, und brauchte sie gelegentlich sehr zügellos: Wenn er auf andere Wege sann, auf die sein Gang ihn führte, Abwege; auf Möglichkeiten, die nicht Folgen wurden, aber mühelos der Vorstellung lebendig waren. Darin eiferte ihm Julius nach, in dessen Spiel sich alles mischte, sonderte, vertrat und wieder einte. Doch das war Lebendigkeit, nicht Wahn, wohlunterschieden: Regsamkeit.

Bloß zweierlei gab Wallenfels zu Zweifeln Anlass: Einmal hatte er – das war sogar in dieser Gegend hier gewesen – früh am Morgen seinen Schlafanzug im Kühlschrank vorgefunden, selber nackt, und keinerlei Erinnerung, was ihn dazu vermocht. Und einmal hatte er die Wohnungstür geöffnet, war hinausgetreten, einen einzulassen, der geklingelt hätte – und hatte hinter sich die Tür verwahrt. Und als er lange tief ins Treppenhaus gelauscht, war ihm bewusstgeworden, dass er dort in Unterhosen stand und ausgesperrt in tiefer Nacht. Das mochte harmlos scheinen, dachte Wallenfels, doch gleichwohl war es Wahn. Somit bestand die Möglichkeit, dass er hier saß und eine Tat begangen hatte. Das war nicht wahrscheinlich. Aber möglich war es, durchaus möglich, streng verstanden.

Das Lokal war jener Art, dass alte Damen ihre Hüte aufbehielten; ihre Mützen, Hauben. Freilich waren keine Damen da, nur Männer, streng vereinzelt, jeder einem Bierglas zugeordnet. Dort am Fenster saßen Mann und Frau und warteten ergeben. Neue traten ein und wiederum ein altes Paar. Kaum durch die Tür, zerfiel es, wurde aufgespalten, und die Frau geriet ans Fenster, setzte sich und richtete sich ein. Man muss ja sein Behagen haben. Im Lokal zeigt man Behagen. Er ging in die

Ecke. Setzte sich. Er richtete sich ein, gemessen und gewichtig, amtlich, rückte an der Speisekarte, übernahm den Vorsitz. Also saßen sie. Dann winkten sie einander, riefen sich. »Komm her.« »Jetzt komm schon.« Unwirsch. Eingespielt. Die Gäste sahen zu. Und Wallenfels sah zu. Die Frau erhob sich wieder, wackelte zum Mann in seine Ecke. »Komm jetzt, komm. Wir sitzen doch am Fenster.« »Nein, komm her.« »Wir sitzen immer da am Fenster.« »Nein, hier kann ich sehen, was die da am Tresen machen.«

Zwecklos. Vorsitz oder nicht, er musste mit. Da saß er. Fensterplatz. Sie nestelte zufrieden. Und der Eckplatz frei. Gespannt sah Wallenfels, was weiter wurde. Gähnend leer die Ecke hinterm Tresen. Da, jetzt stand der andere Alte auf! Tatsächlich, er stand auf, ließ wortlos seine Alte, dort am Fenster, trottete zur Ecke. Langsam war er, langsam kam er an. Er sah sich mehrmals um, ob er wohl eingefangen wurde. Nein. Ein mühevoller Weg. Der Bann der Ecke zog ihn an. Da setzte er sich hin; und saß. Er saß und prüfte, wie es sich da saß. Er sah zum Tresen, nickte, winkte seiner Alten, listenreicher Greisenblick. Sie kam. Ein kurzer Wortwechsel, mehr Knurren nur als Rede. Und er musste weichen. Und auch dieser Alte musste weichen, seine Aussicht lassen, seinen Vorteil räumen und zurück ans Fenster.

Wallenfels bemerkte, dass die Männer raunend und wie scheu gewesen waren; dass sie ihren Willen, ihre Ecke, ihren Vorteil schwach verteidigt hatten, wie um Diskretion bemüht, und dass die Frauen beide resolut und unnachgiebig, ohne Scham gestritten hatten. Ohne Rücksicht hatten sie gewonnen; jene nachgegeben, um den Schaden zu begrenzen. Das war traurig, aber hochgesinnt. Es war gemein und ließ ihn hoffen.

Das vergnügte Wallenfels. Er solidarisierte sich. Es war verzweifelt, aber vornehm, sich dem Streiten zu versagen. Nichts von Kleinmut hier, das war sehr hochgesinnt. Und es war gute Politik. Es gab zu viel Beharren in der Politik, am linken Rand, am rechten Rand: Beharren. Nein, nein, nein. Und in der Mitte zu viel Kompromiss, na gut, na schön. Es musste in der Mitte mehr Beharren geben, und am Rand mehr Kompromiss. Die Alten zeigten es. Sie ließen mit sich reden. Dann beharrten sie und tranken Schnaps zum Kaffee. Gut.

Ja. Sehr gut.

Wallenfels nickte. Aber es mangelte ihm an Gleichgewicht. Es gelang ihm nicht, einfach zu bedenken, was er gesehen hatte. Es gelang ihm nicht, einfach dazusitzen, zustimmend. Zustimmung verlangt nach Eröffnung, dazu war er nicht bereit. Er hätte den Alten gratulieren müssen, dazu war er nicht bereit. Preis der Menschenfeindlichkeit. Man redet nicht mit jedem Greis bloß, weil man durch ihn zu Gedanken kommt.

Folglich missbilligte er die Szene schweren Herzens und tadelte still die alten Leute. Schließlich musste er Nachricht an Elsie geben. »Ich habe uns Frederik und Alma auf ein Bier im Hof versprochen. Feier Deiner Wahl. Ich komme freilich später.«

Schon abgeschickt. Nun hatte er nochmal eigens darauf hingewiesen. Das ärgerte ihn. Und er hoffte, dass er abends im Hof das Gleichgewicht hätte, zustimmend dazusitzen. Reden musste er ja ohnehin. Da konnte er auch gleich mit allem einverstanden sein, in Räude Regel und im Knurren Schönheit finden.

»Jaja. Wenn Du dann aber kommst, kannst Du vielleicht noch etwas mitbringen. Erdnüsse, Wein, für Dich Bier.« Nachricht von Elsie.

Fast wunderte es ihn, dass sie nicht wusste, wo er war; dass sie nicht scherzte: »Komm ans Fenster jetzt.« Er merkte auf. Nein, Elsie konnte das nicht wissen. Und Wallenfels verspürte Lust zu lügen, etwas vom Büro zu faseln.

»Und ein paar Zitronen. Wenn Du kommst. Sobald...«

Er seufzte, dass beide Damen an den Fenstern sich teilnehmend nach ihm umdrehten. Das wurmte ihn. Es reichte jetzt. Oh, das genügte. Ja. Er ließ die Brühe stehen und erhob sich. Leidend, denn er war gefährlich. Wütend ging er an den Tresen, forderte die Rechnung. Dann ein kindischer Gedanke: Etwas hinterm Tresen nesteln, sich zu schaffen machen; dass die Neugier der besiegten Alten wieder rege wurde und sie den Verlust des Eckplatzes, der guten Sicht erinnern mussten. Doch ihm fiel nichts ein. Ja, was nur? Übermut und Taten kamen ihm zu spät zu Sinnen, das war immer so gewesen. Er ließ ab und wandte sich zur Tür. Da saßen sie, am Fenster aufgereiht, die Körper matt, die Augen flink.

Wenn Damen ohne Hut beim Kuchen sitzen..., dachte Wallenfels.

Er ging. Hier in der Gegend kannte er sich aus. Er kannte Häuser, Straßen, Ecken und Geschäfte, die Balkone, jeden Strauch, die Abfolge der Bäume: Linden hier, ums Eck Kastanien. Lange war er nicht mehr hier gewesen. Um die Ecke dort war er gekommen, oft, aus jener Richtung, und dann dort entlang. Zu Elsie, rüstig schreitend. Nein, er schlurfte, immer schon. Um Elsie aufzusuchen, die in ihrer Kammer hauste, war er da ums Eck gebogen. Jeden Tag. Mal froh, mal unlustig. Nein, zugegeben: Meistens gleichmütig, im Ablauf. Und nun schoben sich die täglich wiederholten Gänge zur

Legende ineinander. Große Zeit. Ein Allgemach – im Allgemeinen. Und für sich so kläglich, Alltag. Jeder Augenblick, bevor verronnen, schon gezeichnet, trug das Mal. Dieselben Hundehaufen hier, dieselben Fernsehapparate, halbzerstört an Bäumen abgelegt. Er kannte das im Winter, Frühling, Sommer, Herbst. Er kannte das im Schnee, er kannte es zur Blüte und in glühend heißem Staub, er kannte es mit nassem braunen Laub. Er kannte das. Er schrieb an Elsie: »Bin in unserer alten Gegend. Damals. Liebe Dich seit je. Dein Fedor.«

»Oh, was machst Du da denn? Ich Dich auch.«

Es war verwünscht. Auf Schritt und Tritt kam Nachricht.

Wallenfels schob den Apparat in die Tasche, achtsam, als schleuderte er ihn von sich. Zerstörungslust bis in die Fingerkuppen. Nun war ja das Lokal nicht weit, in das er die Kollegin bestellt hatte; berühmt, im Buch besungen und im Film, nun ja, gefilmt. Im Bild wird Ruhm entblößt. Gekeult, geflämmt und aufgebrochen. Enthemmtes Vorweisen, der Mantel aufgerissen, und darunter spreizt sich alles auf, dringt an, in Rohheit. Gleichwarm. Unart. Er setzte sich nach draußen, fasste sich und rauchte. Also die Kollegin, Gesa Riemer. Doktor war sie, und sie hielt darauf. Sie war von jener Sorte, die Doktoren sind und darauf halten. Als ob ausgewiesen Geistesgabe nötig wäre, sich den Doktorgrad zu schaffen. »Treffe mich mit Gesa Riemer, Doktor, nicht vergessen. Darauf hält sie, teuer eingekauft mit Submission und Obödienz. Halt mir die Hand, dass ich nicht gallig werde.«

Also schrieb er Elsie.

Wallenfels überlegte, was Gesa Riemer von ihm wollte. Er rief sich ihre Nachricht ins Gedächtnis. Das war nicht einfach, in ihrem Für und Wider war ohnehin kaum ein Anliegen zu erkennen; umso verzweifelter, es sich zu merken. Aber nach und nach wurde ihm die Sache deutlicher. Wallenfels stellte sich ihr Gerede auf einem Blatt Papier vor, und er dachte sich drei Farbstifte zum Markieren: Grün für Blabla, gelb für Hin und Her, blau für Gehalt. Dachte er sich nur die blauen Worte, ergab es eine alberne, aber immerhin eine Fragestellung: Wenn dem Beamtentum bei der Errichtung der nationalsozialistischen Diktatur eine so herausragende Bedeutung zukam, warum hatten dann die scharfen Bemühungen der DDR um eine gründliche Entnazifizierung das Land nicht dauerhaft vor Diktatur und Stasiwillkür bewahrt? Wie man mit solchen Fragen im Kopf jemals Doktor hatte werden können, war Wallenfels unklar. Wahrscheinlich lag es an den gelben und grünen Passagen, dass die blauen nicht als blanke Widrigkeit, als gedankliche Fehlleistung übelster Sorte zu erkennen waren. Er fragte sich, wie er darauf verfallen war, die Riemer sei klug. Womöglich war er scharf auf sie. Womöglich glaubte er, dass er nur kluge Frauen scharf finden könne, und hatte den tatsächlichen Befund damit entkräftet, dass sie ihm auf die Nerven ging. Das musste er mit Elsie besprechen, die hatte da einen Riecher.

Als Gesa Riemer eintraf, vermerkte Wallenfels für sich, dass sie scharf aussah. Etwas zu gewählt gekleidet. Stiftungstussi. Intellektuell, seriös und dennoch scharf. Wolle, dunkle Farben, Tücher und Gewalle, Schaftstiefel, tiefer Ausschnitt. Aber scharf. Er ließ sie reden. Gesa Riemer zeigte sich sehr angetan von dem Lokal. Sie kannte es noch nicht; als käme es darauf an, so ein Lokal zu kennen.

Wallenfels klärte sie über die Bedeutung des Ortes auf: Er habe hier früher manchmal gegessen.

Sie sprachen über ihre Kinder. Wallenfels holte eine launige Bemerkung seines Sohnes hervor, vergaß auch Elsies nicht. Beide erschienen in bestem Licht. Was Gesa Riemer über ihre Tochter erzählte, bemerkte Wallenfels nicht oder vergaß es umgehend. Vielleicht trug die Kleine Schaftstiefel und Wollsachen.

Wenigstens schminkt sie sich kaum, dachte Wallenfels, scharfe Wangenknochen.

Dann widmeten sie sich dem Fachgespräch. Wallenfels ließ sie reden und dachte sich seine Buntstifte dazu.

»Ich wollte Sie sprechen«, sagte Gesa Riemer, »weil mir bei meiner Arbeit etwas aufgefallen ist, das ich nicht verstehe. Und ich frage mich, ob das nicht ein Forschungsfeld wäre. Ihr Buch über die Weimarer Beamten hat mich darauf gebracht.« Grün. Hätte sie inspiriert gesagt, dachte Wallenfels, hätte er sie ohrfeigen müssen. Ein Glück.

»Aber vielleicht schreiben Sie ja schon die Fortsetzung; über die Beamten nach dem Krieg. Dann muss ich nur abwarten und kann mich freuen…« Sie lachte nasal. Grün.

»Ich habe also gedacht: In der DDR wurde gründlich entnazifiziert. In der Bundesrepublik nicht. Gleichwohl hat sich in der Bundesrepublik eine funktionierende Demokratie entwickelt. Aber die DDR ist schnell ins Totalitäre abgerutscht. Wie passt das zusammen? Dabei waren die ersten Ansätze doch vielversprechend! Vieles wurde aus der Weimarer Verfassung übernommen…« Gelb. Knallgelb.

»Sie haben beschrieben, wie das Weimarer Beamtentum den frühen Rechtsputsch noch abgewehrt hat; wie es republiktreu geblieben ist. Der Putsch ist ins Leere gelaufen. Und bei der Machtergreifung durch die Nationalsozialisten war es gutwillig dabei und hat alles mitgemacht.« Grün.

»Aber in der DDR wurde ja sehr schnell entnazifiziert. Und gleichzeitig wurden die frühen demokratischen Ansätze zurückgefahren.« Rot. Wallenfels schwieg immer noch. Bedächtig hörte er zu und merkte, wie Gesa Riemer unsicher wurde. Sie kam ins Schwimmen. Wallenfels gefiel sich als stummer Menschenfeind. Das war besser als ein Wächter, der Ohrfeigen verteilt.

»Wie passt das? Und dann die Entwicklung in der Bundesrepublik.«

Jetzt musste Wallenfels den Rotstift nehmen. »Zunächst mal: Es waren dieselben Beamten, die erst die Weimarer Demokratie gewahrt haben, dann aber sich dem Nationalsozialismus unterwarfen. Meine Fragestellung war immer: Wie konnte es dazu kommen?«

»Ja, genau. Sie schreiben: Der erste Putsch war ein Putsch der ausführenden Gewalt, der zweite, `33, war ein Putsch der gesetzgebenden Gewalt.«

»Und eben das macht den Unterschied.«

»Darum wollte ich wissen: Wie denken Sie über die Entnazifizierung? Man weiß ja auch, dass sie nicht gar so streng gewesen ist; dass sie Säuberungen und Enteignungen rechtfertigen musste. Gleichzeitig wurden reihenweise hohe Nazis in Funktionen übernommen. Ich habe gerade erst begonnen, mich da einzulesen.« Gelb. Rot. Rot.

»Sie springen im Thema. Aber gut. Erstens: Die Entnazifizierung in der DDR ist nicht zu bezweifeln. Sie war umfassend. Zweitens: Sie wurde auch missbraucht, ja. Schon `49 wurde die SED-Führung bei Stalin vorstellig und fragte bescheidentlich an, wie genau man das mit der Entnazifizierung nehmen müsste. Aber: Das ändert nichts am Befund. Zigtausende belastete Beamte wurden entfernt. Das ist unstrittig. Gleichzeitig kamen Antifaschisten in Ämter. Aber bleiben Sie beim Thema. Wenn Sie wissen wollen, wie die DDR totalitär wurde, lesen Sie die Verordnungen, Befehle, Gesetze. Steht alles drin, war alles beabsichtigt.«

»Aber welche Rolle spielte die Entnazifizierung?«

»Keine.«

»Aber in Ihrem Buch haben Sie doch auf die überragende Rolle des Beamtentums hingewiesen.«

Oh, Elsie, dachte Wallenfels. Seine Hände krampften. Er dachte mit Genuss an die Ohrfeigen vom Morgen. Gleichwohl gab es keinen Grund, Gesa Riemer zu ohrfeigen.

»Sie sagen es ja selbst: Es waren dieselben Beamten. Wie, wenn es `45 immer noch dieselben waren? Wie, wenn es nicht ausreichte, Tausende auszutauschen? Und zumal, wenn gleichzeitig die Entnazifizierung umgewidmet wurde, für Säuberungen missbraucht; um Enteignungen zu bemänteln; und so diskreditiert wurde.«

Wallenfels lachte. Er lachte so herzlich, dass Doktor Riemer erleichtert mitlachte. Ihr Blick aber sicherte wie ein Kaninchen auf freier Flur.

»Na«, lachte Wallenfels, »jetzt klingen Sie aber endgültig wie eine dieser komischen Broschüren Eures Vereins. Ihr seid ja mehr Lobbygruppe als Forschungseinrichtung. Fakten? Forschung? Puh, das kann ins Auge gehen. Lieber erstmal Unterstellungen lancieren und was von Verschwörung mutmaßen. Wissen Sie, was ich glaube? Sie wollen sich gegen Ihren Chef absichern. Der ist ja persönlich beleidigt, wenn er das Wort Entnazifizierung hört. Das muss für ihn irgendwie nach Verharmlosung des Stasiunrechts klingen.«

»Aber das ist doch auch ein Fakt«, beharrte Gesa Riemer, »dass Entnazifizierung als Vorwand benutzt wurde, um Gegner loszuwerden.«

»Nein, das ist kein Fakt. Das gab es auch, aber die Entnazifizierung war kein Vorwand. Sowas sagt der Dings... Wie heißt er noch? Ihr Chef?«

»Drillich. Hubertus...«

»Ja.«

Gesa Riemer rang mit sich, genauer: Sie rang die Hände, schaute in den Himmel. Dann rang sie sich durch: »Der hat Sie auf dem Kieker.«

»Ich ihn auch.« Wallenfels überlegte. »Vielleicht sollte ich dem mal auflauern und ihn in den Fluss werfen«, murmelte er. »Vielleicht habe ich es längst getan.« Das war ein komischer Gedanke. Urkomisch sogar.

»Na gut«, fuhr Gesa Riemer fort. »Vielleicht brauche ich wirklich etwas Unterstützung. Nein, nicht Unterstützung, Autorität, von draußen. Ich habe etwas Gegenwind im Haus.«

»Kann ich mir denken. Die ganze Aufarbeiterei der Nazizeit! Für Ihren Drillich ist das alles Stasiinfamie. Ne Staatsintrige, um den Westen krank zu machen: Selbstqual! Grübeln. Und das Gift wirkt immer noch. Das macht ihn rasend. Tja, Sie brauchen Hilfe. Nur bin ich der Falsche.«

»Nein, genau der Richtige.«

»Der Falsche. Ich bin gegen das Verquere, und es ist verquer, was Sie da auftischen. Halb gehen Sie dem Drillich um den Bart, halb treten Sie ihm in den Arsch. So geht das nicht. Tritt oder Kraulen.«

Sie gab sich niedergeschlagen, stützte ihr Kinn auf die Faust, doch nicht so schwer, dass es sie am Sprechen hinderte: »Ach je. Ich fand es eigentlich ganz klug. Mag sein, dass das Motiv dahinter nicht astrein ist; dass ich etwas stark laviere. Aber wenn doch etwas dran ist? Wenn der Gedanke gut ist? Ist es dann nicht ganz egal, wie ich drauf gekommen bin?«

»Wie sollte es! Das ist nicht trennbar. Nur verschweigen kann man es. Doch im Gedanken hebt sich auf, was man von ihm verschweigt, es ist noch da und wartet, bis es doch erraten ist. Und was soll gut sein am Verqueren? Hören Sie sich nur mal an, was Sie da sagen: Die entstehende DDR, mit all ihren trefflichen Ansätzen, wie Sie sagen, wurde von einer feindseligen Beamtenschaft übernommen, ohne dass es jemandem auffiel, und ins Totalitäre gewendet, weil man nun einmal so gesinnt war? Mit solchen Sachen sollten Sie aber nicht an die Öffentlichkeit.«

»Warum nicht?«

»Weil sie, mit Verlaub… Wollen wir nicht Du sagen? Gesa, das ist vollkommen verdreht. Darum nicht. Es ist gleichgültig, wie viele Nazis waren, und wie viele gefeuert wurden. Es ist gleichgültig, wer da überhaupt saß und sitzt. Es geht immer um die weltanschaulichen Vorgaben und ihre Kodifizierung im Recht. Das sickert in die Hirne der Ausführenden. Das führt ihnen die Hand. Darum hat das Beamtentum den ersten Umsturzversuch der Weimarer Republik geblockt: Sie machten einfach weiter und kümmerten sich nicht um die paar Krakeeler draußen. Darum haben dieselben Leute den kalten, schleichenden Putsch nicht verhindert: Weil er aus den Institutionen vorgetragen wurde, von innen kam; weil es einfach weiterging. Man hatte seine Gesetze, mochten sie auch die Verfassung zerstören. Er ging ja seinen Gang. Es hatte seinen Ablauf. Und darum schließlich ist im Westen, obwohl noch alles voller Nazis war, nach und nach eine demokratische Weltanschauung herrschend geworden. Weil westliche Demokratien als Besatzer präsent waren; weil sie ein weltanschauliches System mitbrachten, das es erlaubte, die Weimarer Verfassung fortzuschreiben, sie weiterzuentwickeln, sehr durchdacht und ohne falsche Rücksichten auf historische Entwicklungen und Gegebenheiten; und weil sie die Machtverhältnisse für kurze Zeit so umgewichteten, dass das durchsetzbar war. Das System hat die Leute demokratisiert. Und darum schließlich war der personelle Bruch in der DDR egal; war die Entnazifizierung egal, weil es weltanschaulich einfach weiterging, mit anderem Vorzeichen, aber gleicher Methodik. Es wurde entnazifiziert, gesäubert und enteignet, egal. Es wurden Nazis gefeuert und geheuert, wie man es nötig hatte. Egal. Man muss die Leute nicht einsperren, entlassen oder so. Nicht die Beamten. Die brauchen nur ihren Ablauf. Das ist alles.«

Es schien Wallenfels, indem er sich so ereiferte, dass es jetzt Gesa Riemer war, die ihr Allgemach hatte; dass sie sich zurücklehnte, mit Farbstiften hantierte. Sei's drum. Er war in Zorn geraten. Er wütete.

»So. Ja. Nur was soll ich dann forschen, wenn alles egal ist?«

»Nix. Ist abgeforscht. Beamtentum stabilisiert das System. Dazu ist es da. Ist banal.«

»Aber Fedor, woran arbeitest Du denn zurzeit? In der Stiftung? Ich dachte, genau das sei Dein Thema?«

»Ja, leider. Interessant wäre anderes…« Interessant wäre es, dachte Wallenfels, ihr die Verwendung seines

Vornamens zu untersagen. »Interessant wäre, was ein System zum Kippen bringt. Wir starren auf Weimar, fragen, was Weimar zerstört hat; ob es heute auch so ist. Das wissen wir. Aber was hat die DDR zerstört?«

Wallenfels nahm wahr, dass Gesa Riemer diese Frage unwichtig fand. Es war etwas mit ihren Nasenflügeln. Er legte eine gewichtige Pause ein, um sie zu verunsichern.

»Das weiß man nicht?«

»Das weiß man nicht. Das heißt: Übrigens weiß man es durchaus. Ein paar Leute haben Entscheidungen getroffen. Hätten sie nicht, wäre alles anders. Genau wie in Weimar. Steht alles in den Akten, ist bestens erforscht. Hier wie dort. Es hätte anders kommen können. Die Mittel waren da. Die Apparate funktionierten, das System stand. Einsicht gab es auch. Aber die DDR ist einfach zusammengebrochen. Warum? Das muss man fragen.«

»Weiter. Weiter.«

»Nein. Das ist nicht mein Gebiet. Ich könnte da nur Pöbelhaftes beitragen und Vages; Furchtsames. Ich fürchte, dass auch unser System gefährdet ist. Aber ich möchte es bewahrt wissen. Für immer. Für Julius. Für seine Kinder. Sie sollen die Bürde der Freiheit tragen, wie sie die Bürde des Todes tragen, als Schicksal. Und mir fallen immer nur Ohrfeigen ein. Ohrfeigen!«

Wallenfels sprang auf. Sein Stuhl fiel ächzend um, der Tisch wackelte, aber er hielt sich. »Ohrfeigen«, rief er und stürmte auf einen Mann in grüner Jacke zu, der sich anschickte, ein paar Tische weiter Platz zu nehmen und in die Septembersonne zu blinzeln. Der Mann war aus einer anderen Richtung gekommen als Wallenfels. Und er unterschied sich merklich von jenem Landser, den er ins Gebüsch geworfen hatte. Auch der Lehrer war er nicht, der im Fluss gelandet war. Das bedeutete nichts. Wallenfels erkannte ihn, ohne ihn wiederzuerkennen. »Darum geht es«, rief er, »nicht wahr? Um Ohrfeigen?« Der Mann war im Begriff gewesen, sich auf einen Stuhl zu setzen. Den ergriff Wallenfels und schleuderte ihn beiseite. Er prallte gegen ein Fahrrad und riss es um. »Gehen Sie. Aber schnell«, keuchte er, »es frisst schon an mir.« Der Mann stand starr, bereit, die Arme vor den Oberkörper, das Gesicht zu ziehen und sich zu schützen. Vorerst hingen sie herunter. Wallenfels suchte nach Frechheit, Trotz oder Schadenfreude in seinem Blick, fand aber nichts. Allerdings wurde er abgelenkt. Gesa Riemer war halb hinter ihm. Er spürte ihre Hand auf der Schulter, die andere um sein Handgelenk. Er spürte sie an seinem Rücken und dachte an ihre Brüste. Dazu fiel ihm nichts ein. Vermutlich waren sie in köstliche Wäsche gekleidet.

»Schon gut. Komm mit«, sagte er, wand sich aus ihrem Griff, aus ihrer Begütigung, und zerrte sie an der Hand mit sich mit.

»Ich habe heute Morgen jemanden geohrfeigt. Widrige Kreatur. Rassist. Hat einen Musiker beleidigt. Seitdem verfolgt mich dieser Grüne. Ein Zeuge, denke ich. Dachte, ich hätte ihn beseitigt. Ich muss Ihnen etwas gestehen. Ich denke so kleinbürgerlich feige, dass ich die Konsequenzen dieser Tat fürchte. Vielleicht ist es diese Ehrlosigkeit…«

»Waren wir nicht beim Du?«

»Meinetwegen. Kennen Sie Wrubel/Ponomarjow?«

»Der mit der Jacke eben? Wrubel heißt der?«

»Nein.«

»Ponomarjow?«

»Nein.«

»Und den kennst Du auch? Ich hätte schwören können, dass er mir gefolgt ist. Aber wenn er Dir gefolgt ist…«

»Wie bitte?«, fragte Wallenfels. Er hatte erwartet, dass Gesa Riemer ihn für verrückt hielt; dass sie unangenehm berührt war. Er hätte gerne gesehen, wie sie sich auf die Zunge biss und nichts merken lassen wollte. Etwas mit den Wangenknochen vielleicht. Jetzt sah er, dass sie selbst verrückt war. Warum sollte man ihr folgen! Bestürzend. Ihrem Chef vielleicht, dem Sozialistenfresser, der war widrig.

»Ja, das ist eine von diesen alten Kanaillen, die sich bei uns um das Stasimuseum herumtreiben. Schmiert Parolen an die Wände. Beschimpft Besucher. Droht Kollegen. Hasst, was wir tun. Wir haben ihn schon öfter der Polizei übergeben.«

Wallenfels spürte Schwindel. Das war die Freude. »Erlauben Sie«, sagte er und hakte sich bei ihr ein, »Ich bin leicht benommen. So. Dann wäre ich vielleicht gar kein verrückter, gewaltbereiter Mensch, der tötet, weil er ausgebrannt ist… Bist Du nicht ein wenig bestürzt über mein Betragen? Ein klein wenig…?«

»Ich bin bestürzt, diesen Menschen hier zu sehen. Dein Betragen ist gut. So wohlerzogen und doch… naja, drohend. Das hatte Autorität. Sehr angemessen.«

»Wie dem auch sei.« Wallenfels drehte sich vielsagend um. »Ob er Dir gefolgt ist oder mir – solange wir zusammen sind, kann er bequem uns beiden folgen. Ich weiß, wie wir ihn abhängen.«

Er drehte sich wieder um. Es gefiel ihm plötzlich, sich umzudrehen. Er nahm Gesa Riemer bei der Hand, führte sie mit sich, drehte sich um, ging weiter. Fast hatte er Lust, zu laufen und zu springen. Ein Gefühl in den Beinen war so. Übermut. Und Schwindel hatte auch sein Gutes. Hinter ihnen die Straße in mildem Septemberlicht. Alte Hausbesetzergegend, mit Zähnen und Klauen verteidigt gegen die feuchten Träume von Bauherren. Jetzt erst wurde die Gegend schicker. Dort hinten, vor dem Lokal, stand der Kerl in der grünen Jacke, den Stuhl in der Hand, den Wallenfels fortgeworfen hatte, und blickte ihnen nach; ebenso die Kellnerin. Über die Dächer, weit hinten von der anderen Seite des Flusses her, ragte eins der neuen Hochhäuser. Nachricht von Elsie: »Ja, denk an Dich. Aber fürs Handhalten muss ich Dich an die Riemer verweisen.« Wallenfels löste seine Hand und bat um Entschuldigung, dass er mit dem Apparat hantierte. »Zu Befehl. Riemer hält Hand. Etwas knochig, aber je. Sind auf der Flucht vor einem Subjekt. Widrig. Gestrig. Grüne Joppe. Komme wohl später.«

Er nahm wieder Gesas Hand und steckte den Apparat weg. Dann holte er ihn wieder vor. Nachricht von Elsie: »Haha.« Er steckte ihn wieder ein und nahm Gesa bei der Hand. So schlenderten sie durch die Straßen. Alte Hausbesetzergegend. Wallenfels hatte hier eine Weile gewohnt. Elsie auch. Die herrlichen frühen Jahre.

»Ihor Ponomarjow. Kasimir Sergejewitsch Wrubel. Die Musiker, dieser Russe, jener Ukrainer. Akkordeon. Sie haben ein Album, das lasse ich Dir zukommen«, sagt er. »Passt zu Deinem Rock.«

Sie kamen auf einen Platz. Hier hatte Elsie gewohnt, Freunde wohnten noch immer da. Cafés rundum, Leute davor. Alles Genossenschaftshäuser, aus den Hausbesetzungen hervorgegangen. Statt überhöhte Mieten zu bezahlen und Ruhe zu haben, wie Elsie und Wallenfels, ging man hier zur Aufsichtsratssitzung, beschwerte sich übereinander und versuchte, an ein neues Badezimmer zu kommen. Ablauf, Ablauf. Er führte Gesa zwischen Stühlen hindurch an die Haustür, tippte die Zahlenkombination ein. Die hatte er lange vergessen, aber in der Hand war sie noch gegenwärtig. Freudig stellte er die Zahlen fest, befürchtete aber, dass ihm die Kombination für Julius' Kindergarten entfallen könnte. Die Tür summte. Sie durchquerten das Vorderhaus, den Hof. Am Hinterhaus zückte Wallenfels den Schlüssel. »Da wohnen Freunde. Habe den Schlüssel zufällig heute früh eingesteckt.«

»Zufällig. Aha.«

»Oh ja, heute Morgen wusste ich nicht, dass ich Dich treffe, und dass wir ein Zimmer brauchen, um heimlicher Leidenschaft zu frönen und Schuld auf uns zu laden. Also zufällig.« Tatsächlich hatte er den Schlüssel im Zweifel genommen, ob er es schaffen würde, später zu kommen. Womöglich brauchte er eine Zuflucht, um etwas so Unerhörtes zu vollbringen. So hatte er gedacht.

»Ganz oben ist ein Gästezimmer«, sagte er und schloss auf.

»Und Du bist sicher, dass ich mitmache?«

»Nein. Sei leise.«

Sie hakte sich ein. Jetzt erst nahm Wallenfels Gerüche wahr. Gesas Haar, eine unbestimmte Süße, die aus den Kleidern aufstieg. Begierde ergriff ihn. An seinem Arm, dort wo Gesa sich eingehakt hielt, mussten empfindliche Nervenenden unter der Haut liegen, so sehr spürte er ihre Hand. Eine umwerfende Entdeckung. Sie stiegen die Treppe hoch. Aus der Küche war leise der Fernsehapparat zu hören.

Wallenfels deutete auf das Fenster am Treppenabsatz. »Da klettern wir nachher raus, verschwinden über die Hinterhöfe und kommen auf der anderen Seite des

Blocks wieder raus. Es wird ja wohl niemand das ganze Viertel umstellen.«

»Toll. Sowas Aufregendes habe ich nicht mehr erlebt, seit ich neun war.«

Wallenfels überlegte zu fragen, was sie angestellt hatte, mit neun. Er sah davon ab.

Das Gästezimmer war unter dem Dach. Der Eingang war mit Gerümpel verstellt, drinnen roch es nach Staub und Mäusen. Auf dem Bett mehrere Wolldecken, alt und bunt, aber schön gefaltet. Das ging. Eher Ablauf als Allgemach. Gesa drehte die Heizung auf und fand den Raum kuschelig. Das mochte geeignet heißen. Sie nahm ihr Thema wieder auf und begann sich auszukleiden. Wallenfels zündete sich eine Zigarette an. Er sah ihr zu. Vielleicht hörte er auch zu. Sie redete. Vermutlich, dachte er, ein Akt der Inbesitznahme, das Reden. Hin und Her als Dekoration für den Raum. Bühnenbild für die Szene. Schlafzimmergedöns, heimelig.

»Ich sehe all diese Dokumente durch«, sagte Gesa, indem sie sich entkleidete, »Urteile, Vermerke. Wuchtig, amtlich. Und das nimmt mich ein. Es ist mir so sympathisch, all diese Nazis belangt zu sehen. All diese widerwärtigen Holocaust-Ingenieure, verhetzten Beamten, all diese Leute, die so unschuldig tun und doch jeden Tag Mord und Totschlag abgestempelt haben, weitergeleitet, abgeheftet. Das tut gut.«

Man soll nicht nackt über den Holocaust reden, dachte Wallenfels, schwieg aber.

»Das macht Lust, es ist eine ständige Genugtuung. Aber es ist die gottverdammte Staatssicherheit, die das alles stempelt, weiterleitet, abheftet. Wir wissen genau, was das für Leute waren. Wir arbeiten das auf, ist unser Beruf. Ich hätte so gerne eine einzelne Idee, die das alles auf einmal erklärt; die quer durch all das scheußliche Unrecht, die Willkür und Bosheit durchsaust, Nazi-, Stasi-, Kaiserreich, und alles auffädelt, zusammenbindet und begreiflich macht: So ist das! Und man kann sich an der Idee bequem durch all das Finstere hangeln.«

Jetzt war sie fertig. Das war schneller vonstattengegangen, als Wallenfels erwartet hatte. Die komplizierte Gewähltheit ihrer Kleidung hatte ihn da wohl irregeführt, und es war vielmehr sehr einfach, sich der Sachen zu entledigen. Wallenfels betrachtete sie, wie sie vor ihm stand. Nackt, ruhig, kerzengerade. Ein Meter Abstand. Besitzgier wies ihm, seine Zigarette auszudrücken und ihr diese Besitzgier anschaulich zu machen, aber er widerstand und rauchte weiter. Wenn das hier mehr als nichts werden sollte, musste er das Allgemach stärken und den Ablauf bremsen. Und es musste mehr als nichts werden, immerhin handelte es sich um eine schuldhafte Handlung. Das zog namenlose, aber sicher handfeste Sühneleistungen nach sich.

»Ja«, sagte er, »das sind so Ambivalenzen. Gedankenlumpen, in die man sich hüllt, um den Ablauf zu bestreiten.« Wallenfels drückte die Zigarette aus und sann über den Aschenbecher nach. Da stand tatsächlich ein Aschenbecher, auf dem Fensterbrett. Bevor Julius auf die Welt gekommen war, hatte er viel Zeit damit verbracht, seine Aschenbecher so in der Wohnung zu verteilen, dass immer einer in Reichweite war, wo es auch jemandem einfallen konnte zu rauchen. Eine Kunst, die in Vergessenheit geraten war. Er streifte Jacke und Schuhe ab. »Ich arbeite immer um den Holocaust herum«, sagte er und legte Zigaretten und Feuerzeug um den Aschenbecher herum. »Die Holocaustforschung geht mir auf die Nerven. Da habe ich einen Ennui.« Er legte seine Hemden ab. »Im Grunde machen es nämlich alle genau wie ich, nur nicht so weiträumig. Sie lavieren drumherum. Sie scheuen die Hauptsache.« Er ließ die Hosen fallen. Sie standen voreinander. »Was ich auch lese: Immer nur Leute, die das Absolute nicht sehen, nur das Böse daran. Sie begreifen den Schrecken nicht, nur dass er gemein ist. Der Umgang ist redensartlich, nicht mal bemüht um die Frage: Wie zur Hölle sowas geschehen konnte. Nur immer: Wer ist schuld. Niemals: Morphologie der Schuld. Diese granitene Frage.«

»Komm«, sagte sie und nahm seine Handgelenke, zog ihn zu sich. Wallenfels überlegte abzubrechen, fasste sie bei den Hüften. Die nackten Körper beieinander waren tief im Ablauf. Was weiter folgte, war bekannt. Er sah den Ablauf vor sich. Und da war kein Allgemach. Für die Sünde war ihm das zu fleischlich. Auch das Küssen jetzt, die Lippen. Nun, so schmecken Lippen. Wenn das Leben nicht daran hängt, ist das Ablauf. Und sein Leben hing an Elsie. Doch brach er nicht ab. Ein Abbruch war ein Allgemach, der das hier mit Bedeutung lud. Der Ablauf ein Vollzug. Vollzüge fand er uninteressant. Sie gaben Schutz, nun ja. Dann waren sie im Bett. Er konnte abbrechen, in diesem Augenblick. Dann nicht mehr, denn dann rollte die Begierde, stieß ihn hin auf diese Frau, die einmal neun gewesen war, betörend roch; die Mutter war und einen Doktorgrad besaß und Meinungen und Hoffnungen und auch Begierde, und die Herkunft hatte; die geworden war. Das stieß ihn ab. Das war es, dass in diesem körperlichen Akt, der nicht mehr aufzuhalten war, so viel Erkennen lag. Ein Mensch ist wie behängt mit seinem Wesen. Und er wollte sie nicht kennenlernen. Da war er schon zu alt. Das war zu spät. Das hatte er nicht nötig: Noch einen Menschen kennenlernen. Nein. Er kannte Elsie, und sie ihn. Das war das Wunderbare, war die Gnade, die sie hielt: Es war vollbracht, sie hatten sich, einander. Fedor, Elsie. Wallenfels im Ablauf, wie von Sinnen. Sie vereinten sich. Das war schon was. Ein herrliches Perzept. Und die Begierde rollte. Gesas Hände krallten sich in seinen Haaren fest, darunter schwamm sie in der Lust. Mit jeder Faser lud sie ihn zu sich, gestattete sich ihm, erlaubte sich, ermunterte, doch zwanglos Heim und Schirm bei ihr zu nehmen, anzunehmen, da zu sein, und Wallenfels war da. Da war er. Und er wollte doch bei Elsie sein. Im Allgemach. Vielleicht war eine Nachricht von ihr da. Das konnte möglich sein. Der Apparat stak in der Jackentasche.

Oder anders, und er schickte Elsie eine Nachricht, gleich. Jetzt gleich. Das ließ sich zwar nicht machen. Freilich. Aber es war dringend. »Elsie, bin verführt. Errette, tröste mich.« Nein, anders. »Allerhand! Ich habe sie vernascht. Wie? Glaubste nicht? Dein Fedor.« – »So, jetzt aber wieder Du! Entschuldigung.«

Er musste ohnehin in den Nachrichten zurückblättern; nachsehen, was er mitzubringen hatte: Erdnüsse, Wein, was noch? Auch hätte er gern gewusst, wie spät es war. Wahrscheinlich hielt Julius selig Mittagschlaf.

»Was ist? Warum so finster? Brütest Du?«

Wallenfels vermutete, dass ihm beim Gedanken an Julius ein Stirnrunzeln unterlaufen war. Gesas Frage klang behaglich. Das brachte ihn auf. Behagen war ihm Ungenügen. Und er wünschte nicht, dass ihm ein Stirnrunzeln ausgelegt wurde. Immer wieder erschrak Wallenfels, für wie äußerlich das Innere gemeinhin gehalten wurde. Einer ist, was er zeigt. Verstellung warf man den Feinden vor, und Nöte, angstvoll verborgen, gab es nicht. Alles platt gegeben, Fläche, nicht Raum. Schon der dreijährige Julius wurde von seinen Erziehern als artiger, zurückhaltender Junge missverstanden, der immerzu Bücher liest, weil er Bücher liebt. Kein Gedanke, dass er sich in die Bücher verkroch, um nicht dem wetterhaften Durcheinanderzucken der Beziehungen ausgesetzt zu sein.

»Finster?«, sagte er, »ich dachte, mein Behagen tröffe mir vom Munde ab. Die Stirne aber steil und frei. Ich überlege bloß, was ich Elsie sage.«

»Oh, ich hoffe nichts! Das hier ist beruflich. Man muss das trennen. Professionelle Triebabfuhr. Damit wir sachlich reden können. Geistige Berufe erfordern nun mal gewisse Mittel. Wollen wir eine Zigarette rauchen? Alles für den Diskurs.«

»Natürlich erzähle ich Elsie davon. Wem soll ich denn sonst in die Augen sehen!« Er sah sie nicht an. Er wollte Zeichen der Angst in ihren Worten suchen. Leider sagte sie nichts, sondern holte Zigaretten und Aschenbecher. Dabei sah er ihr übrigens doch zu. Sie bewegte sich erstaunlich frei dafür, dass sie ihrer gewählten Kleider ledig war. Aber Wallenfels wusste nicht, ob das für sie sprach. Ihm graute bei dem Gedanken, mit ihr zusammenzuleben. Eine Hölle. Was da für Eigenheiten zutage treten mussten! Eigentümlichkeiten. Wahrscheinlich diskutierte sie bis zum Erbrechen, warum ein Mensch rauchen muss; wenn er nicht gerade fremdgeht. Aber sie wäre nie in der Lage zu sagen: Lass das, ich wünsche nicht, dass Du rauchst. Übrigens, vielleicht doch. Aber dann gab es etwas anderes. Das war gleichgültig. Eigentümlichkeit. Wallenfels konnte das nur ertragen, wenn er es gewohnt war.

»Betrügt Elsie Dich auch?« Sie stellte ihm den Aschenbecher auf den Bauch.

»Nein. Ich betrüge sie übrigens nicht.«

»Und sie hat nichts dagegen?«

»Vermutlich schon.«

»Und Du hast keine Angst?«

»Ich wäre vermessen. Nenn´ es Vertrauen.«

Sie steckte Wallenfels die Zigarette in den Mund. Er sog, blies aus. Seine Redensarten hatten sie beeindruckt. Er vermutete so. Das missfiel ihm. Übrigens waren es keine Redensarten. Viel mehr aber belangte ihn etwas anderes. Er dachte, wann er zuletzt im Liegen geraucht hatte, Aschenbecher auf dem Bauch. Das musste Jahrfünfte her sein. Lustren! Beim letzten Mal hatte er noch die Kunst beherrscht, Kringel zu blasen. Das konnte jetzt nur misslingen. Er blies Wolken, bis sie ihm die Zigarette wegnahm. »Wir rauchen zusammen, nicht? Ist ja wohl das mindeste.«

»Ist nur noch der Filter dran. Der Filter! Riechst Du das nicht? Dass Ihr Nichtraucher so exzessiv sein müsst.«

Gesa Riemer sog, verzog das Gesicht, hustete. Drückte aus.

»Glaubst Du, dass wir ein Problem haben?«

»Wer?«

»Wir. Alle. Dass es zusammenbricht.«

»Ja.«

»Wann?«

»Dauert noch.«

»Was ist zu tun?«

»Nix. Zu spät.«

»Wallenfels! Quatsch. Wir könnten sogar noch das Klima retten!«

»Glaube ich nicht. Allenfalls wird das Klima uns retten. Vielleicht schlägt uns die Natur die Apparate aus der Hand. Dann müssten wir uns auf irgendwas besinnen; benommen, wie wir sind von der Undurchsichtigkeit der Alldurchsichtigkeit; etwas, das nicht immer gleich zur Hand ist; das kostbar ist und Verständigung erfordert, knapp und mühevoll bewahrt, und das Bedeutung trägt.«

»Was wäre das wohl? Gold?«

»Ja. Gold.«

»Ich finde es nicht einleuchtend, Fedor. Es leuchtet mir nicht ein: Dass es nicht immer so weitergeht; dass wir nicht ein für allemal in Frieden und Freiheit leben; dass wir nicht immer nur alle Jahre wählen gehen, und die Regierungen wechseln, die falschen, die richtigen, die falschen, die richtigen, aber unterm Strich geht es bergauf, wir stärken das Recht, wir stärken die Freiheit; dass es unsern Kindern um die Ohren fliegen kann; dass sie Schlimmeres zu erwarten haben könnten als heiße Sommer und schwere Gewitter. Es leuchtet mir nicht ein – obwohl es handgreiflich ist. Natürlich kann es ihnen um die Ohren fliegen. Es kann schon uns um die Ohren fliegen. Mir graut vor den nächsten Wahlen. Es war schon diesmal so schlimm. Das Autoritäre überall. Das Leugnen. Brüllen. Gesetzemacherei, das geht subtil zu Werke, so langatmig feist, hat Zeit, hat alle Zeit der Welt; weil es nichts retten will, nur Rache; sucht Vergeltung, krauchend, giftig wie Krötenschleim. Und das ist nicht einleuchtend. Ich glaube, dass Du recht hast, aber ich verstehe nichts. Wie kann es sein, dass Freiheit an sich selbst zugrunde geht? Es gibt ein paar Exzesse. Fein. Das kann man regeln. Lobbyismus kann man steuern. Umverteilen. Kohle, Öl kann man ersetzen. Fair sein. Wieso kippt es? Wieso kippt die Freiheit da, wo sie im Recht ist? Schlechte Laune, ist das alles? Feiste, satte Wut? Zukurzgekommene im Glück? Ist das die Dystopie? Versteh´ ich nicht. Das leuchtet mir nicht ein.«

»Puh«, sagte Wallenfels. Er dachte: Puh, was wird die Frau verfolgt! Ein bisschen viel Verschwörung. Wird verfolgt von einem Hasswichtel, dem Aufarbeiterei missfällt; die Hasstypen taugen auch noch zum indifferentesten Feindbild je, erklären alles, jedes. Und ihr Chef verfolgt sie. Die Beamten haben sich verschworen. Die Stasi hat sowieso alles unterwandert, bis heute; alles was links ist, und ist noch froh dabei...

»Alles richtig«, sagte er, »aber seltsam. Schon spür´ ich wieder diesen Ennui. Morphologie, Du kluge, schöne Doktor Riemer. Morphologie. An den Formen hängt noch alles. Willst Du vorne oder hinten raus? Ich bleibe noch.«

»Vorne. Was soll das jetzt?«

»Das soll nichts. Das heischt der Ablauf. Wir stecken im Ablauf, nicht wahr?«

»Darf ich mich noch in Ruhe anziehen?«

»Oh bitte. Und wenn ich Antworten habe, melde ich mich.«

Wallenfels begleitete sie nach unten zur Tür, um Herzlichkeit bemüht. Doch machte er es kurz. Sein Magen krampfte, und der Beischlaf erfüllte ihn mit Abscheu. Sexualität. Das kotzte ihn an. Verleumdung des Geistigen. Eine Schweinerei, dass man auch nur denken musste, Zeugen zu beseitigen, jemanden besitzen zu wollen – oder eben nicht. Er stieg hoch zur Küche. Das war ihm plötzlich eingefallen, und der Gedanke war unmittelbar bestimmend geworden: Frieso sitzt in der Küche. Ich will in die Küche. Das ging nicht mit Gesa

Riemer, denn wo Frieso saß, war Allgemach. Er war der Erfinder des Allgemachs, liebenswürdig und still, im Sommer Bademeister an der See, wo er im Lauf des Mondes und der Ebben trieb, im Winter Barmann in der Stadt. Wallenfels fand Gesas Notizbuch. Es lag am Fluchtfenster, als wäre sie dort ausgestiegen und hätte es verloren oder absichtsvoll dort abgelegt. Aber er hatte sie ja höflichst zur Tür hinausgeworfen. Es handelte sich um ein besonders gewähltes Notizbuch. Natürlich. Die Kolleginnen in der Stiftung besaßen ebenfalls solche Notizbücher, dazu gewählte Handschriften. Bei Sitzungen und Besprechungen lagen die Bücher auf dem Tisch und wetteiferten um den Preis. Hineingeschrieben wurde alles. Unterschiedslosigkeit in schönen Schwüngen. Wallenfels schob das Buch ein, fasste es mit zwei Fingern. Und so ein hübscher Kugelschreiber. Er trat in die Küche. Der Raum war verqualmt. Am Fenster steil ein Sonnenstrahl. Es roch nach Dosenessen. Frieso lag in seinem Fernsehsessel, im Apparat lief eine Oper. Frieso war mal Pianist gewesen. Im Sommer an der See saß er abends in der Kneipe und spielte auf einem schadhaften Klavier Der Sturm. Auf dem Tisch ein Stapel Opernfilme. Allgemach. »Nimm Dir einen Teller. Gibt weiße Bohnen und Wurst. Alles noch da. Und hier ist Schnaps.« Er stellte etwas Klares auf den Tisch. Wallenfels bemerkte, wie hungrig er war. Er goss einen Schwall Bohnen auf den Teller, schnitt Brot ab. Frieso schenkte den Klaren in Becher. »Don Carlos«, sagte er, »ich fiebere dem Freundschaftsschwur entgegen. Jetzt hab´ ich einen Freund dazu. Da können wir trinken. Wir können auch weinen.«

Wallenfels wurde warm, vom Magen her.

Er sprach den Bohnen zu. Er sprach dem Schnaps zu. Don Carlos und Marquis Posa schraubten sich zum Treueschwur empor. Frieso lag in seinem Sessel und dirigierte mit dem Schnapsglas.

Wallenfels nahm den Apparat. Zwei Nachrichten, beide von Elsie. »Was für ein Subjekt eigentlich? Was sind das für Abenteuer?«

»Und lass sofort die Riemer los. Hier kommt es gleich zum Schwur.«

Wallenfels schrieb: »Zu spät. Schon passiert. Hab sie rausgeworfen. Bin jetzt bei Frieso. Es gibt Bohnen.«

Dann war der Freundschaftsjubel aus. Die Tragödie nahm ihren Lauf. Jetzt hatte Frieso den Kopf frei. »Bist gar nicht in der Stiftung heute?«

»Nein«, sagte Wallenfels. »Heute ist mein Abenteuertag.«

»Fein. Da lass uns allgemach noch einen nehmen.« Er schenkte zu. Der Schnaps machte sich Wallenfels im Kopf bemerkbar. Es fühlte sich wie ein Erstarren an. Etwas Flüssiges wurde fester. Das musste am Alter liegen. Er konnte sich nicht erinnern, früher dergleichen empfunden zu haben.

»Der Rest ist fade. Lieber ein bissel Don Giovanni, was meinst Du?«

»Was hast Du denn noch?« Frieso suchte den Opernstapel durch.

»Barbier, Traviata, Othello…«

»Bloß nicht.«

»Carmen…«

»Ja. Carmen.«

»Und los.«

»Das möchte ich wohl mal von Wrubel/Ponomarjow hören.«

»Das ist nix für Schifferklavier.«

»Du kennst die?«

»Warst lange nicht mehr bei mir am Tresen, Fedor.«

»Hmm.«

Wallenfels schlief ein. Vielleicht schlief er nicht richtig, denn er hörte immerzu Singen. Aber als er die Augen wieder aufschlug, brummte die Kaffeemaschine. Der Fernsehapparat war aus. Frieso hantierte mit Tassen.

»Da, trink einen Kaffee. Ich fahre zur Kneipe. Kommst Du mit, oder willst Du hier weiterschlafen?«

»Ich könnte auch nach Hause fahren, mit dem Kleinen spielen.«

»Siehst Du ihn selten?«

»Nein. Ich arbeite viel zu Hause, aber dann arbeite ich nicht, sondern spiele.«

»Na, dann komm mit. Setz Dich allgemach an den Tresen. Lass es sickern.«

Wallenfels raffte sich auf und folgte Frieso zum Auto. Er blieb unschlüssig. Es gab keinen Grund, nicht zu Julius zu fahren. Aber er konnte die Entscheidung aufschieben. Friesos Kneipe lag auf dem Weg. Auf der Straße erschrak er, dass er auf der Straße war. Man konnte ihn sehen. Gut, dass Frieso bei ihm war. Der konnte aufpassen, dass Wallenfels niemanden erschlug.

Dann saßen sie im Wagen. Es war Frieso eigentümlich, dass er immer einen Parkplatz vor dem Haus fand. Wallenfels konnte sich nicht erinnern, dass der große, alte Kombi je auch nur eine Straße weiter abgestellt worden war. Wunder des Allgemachs. Frieso kannte keine Abläufe. Er stellte den Wagen vor der Haustür ab und stieg aus. Er stieg wieder ein und fuhr los. Der Wagen war immer heile. Wahrscheinlich musste er nicht einmal tanken.

Wallenfels rauchte. Frieso rauchte. Der Wagen fuhr. Es ging hierherum und daherum, und Wallenfels war müßig zu schauen. Kein Ablauf, kein Buch, kein Brillenwechsel. Häuser zogen vorüber. Nichts Widriges. Es ging über den Fluss, Blick weit über das Wasser, von Brücke zu Brücke. Mittlerweile waren Sportboote zwischen den Ausflugsdampfern unterwegs. Die Ufer bevölkerten sich. Es war Anfang September. Zwei neue Hochhäuser. Wallenfels dachte, wie schön es wäre, da auf der Brücke ein Bier zu trinken, allgemach, und zu schauen. Da waren sie schon vorbei. Also stellte er sich vor, da zu stehen, an die ersten Jahre mit Elsie zu denken. Überhaupt an Früheres, diese Mattigkeit zum Beispiel, die Mattigkeit nach dem Trinken, vor dem Trinken, dem nächsten, gegen die Mattigkeit. Das war so ein Früheres. Das Frühere war schön, weil es zum Heutigen geführt hatte. Im Augenblick, dachte Wallenfels, konnte man das gar nicht erfassen, nicht begreifen: Die Schönheit des Früheren. Dazu musste er auf einer Brücke stehen. Der Gedanke war zu überwältigend. Er lähmte. Man muss etwas tun, denn der Augenblick gehört dem Handeln. Aber der Augenblick, dachte Wallenfels, erstarrt im Augenblick. Der Augenblick erstarrt im Augenblick zu Ablauf, Grund und Folge, Grund und Folge, eiskalt, hart und klar. Das Licht bricht sich darin. Ein Wunder, dass im Früheren alles so gekommen war, wie es war. Nur die kleinste Abweichung, und alles Heutige wäre ausradiert. Kein Julius, kein Wallenfels, als jemand dieses Namens, und Elsie wäre sonstjemand, irgendeine Elsie. Nur Frieso blieb Frieso. Der war immun. Wallenfels hatte Lust, diesem verwirrenden Gedanken nachzugehen, ihn bis auf den Urgrund zu verfolgen; darüber nachzudenken, dass er die Anstrengung in den Schläfen spürte. So sehr: Warum der Lauf der Dinge manches unberührt ließ, im Allgemach. Wallenfels nahm sich vor, gleich in der Kneipe weiter nachzudenken. Die Mattigkeit eignete sich gut dazu, Mattigkeit nach und vor dem Trinken, beim Trinken nach dem Trinken, zunächst. Sie machte frei. Sie machte stur. Beharrlich. Nur nicht immer sprunghaft denken. Harthirnig zuweilen. Es mochte auch der Gedanke sein, fiel ihm ein, den er für seine Arbeit benötigte: Das Widrige nicht aus dem Widrigen zu entwickeln. Was für Sturheit. Das Widrige musste vom anderen her bestimmt werden. Ablauf, Ablauf, all der dünne, säuerliche Zufall. Allgemach! Da piepte es im Apparat. Von Elsie, eine Nachricht: »Durchgefallen. Abgelehnt. War eine Front von CDU und FDP und AfD. Verfickt. Was für ein sauberer Verein! Und rate mal, warum?«

»Das kann nicht sein…«

»Doch, doch, genau.«

Nun klingelte es. Elsie. »Fedor, Fedor, wo bist Du? Ich will zu Dir, mich verkriechen…«

»Im Auto, bei Frieso. Er fährt in die Kneipe.«

»Ach, wie schön. Da wollte ich wohl auch sein…«

»Aber komm doch hin? Das ist ja gar nicht weit von Dir.«

»Es gibt vielleicht noch einen Wahlgang.«

»Aber doch nicht ohne Dich. Komm hin.«

»Ach, Scheiß. Ich komme. Ja.« Dann Tuten. Wallenfels ließ den Apparat in den Schoß sinken. Und eben hatte es sich mit dem Allgemach noch so gut gemacht. Nun endlich. Schön, das war also vorbei. Da konnte er sich ebensowohl erregen. Da konnte er auch wütend werden – auf die Schweine, die ihn herausrissen aus dieser innigen Mattigkeit. Intrigantes Pack. Die Heuchler. Das war ja nicht Elsies Schuld. Übrigens, natürlich hätte sie davon absehen können, ihn anzurufen. Aber das war ja Unsinn. Sie wandte sich an ihn, an Fedor, in der Not. Von Falschheit umstellt.

»Elsie«, sagte er, »der Job als Stadtrat. Man hat sie nicht gewählt. Die Schweine, verrecken sollen sie. Vorwand: Dass sie bei der Roten Hilfe ist.«

»Ach, warte, ihr Verein da. Ja, ich weiß noch.«

»Ihr Verein da. Rechtsbeistand für Aktivisten. Ist seit Jahren gar nicht mehr dabei. Bloß hier mal `ne Beratung, da mal `nen Kontakt. Und plötzlich schallt es laut: Auweia und Oweh! Das sind ja Linke, Radikale gar, am Ende Terroristen! Planen die nicht längst den Umsturz? Wenn es nicht zum Heulen wäre… Nun, da findet man sich schnell zusammen: Schwarze, Gelbe, Braune.«

»Na, da ist doch wenigstens die feinere Gesellschaft glücklich eins. Die mit den Farben, die den Appetit verderben.« Frieso, allgemach.

»Sie kommt in Deine Kneipe. Hören wir, was war. Und werden wir verfolgt? Ein Auto? Irgend sowas?«

Wallenfels sah sich nicht um. Und an den Rückspiegeln sah er vorbei.

»Ich weiß nicht. Wie? Ist es so schlimm? Schon wieder? Wenn ich da am Wasser bin, weiß ich rein gar nichts.«

»Nein, egal. Ich dachte nur, es wäre mir fast lieb, verfolgt zu werden. Für die Triebabfuhr, verstehst Du?«

Frieso lachte. Das hieß Nein. Er kannte das dem Wort nach, allenthalben: Trieb.

»Es ist nicht schlimm, nur säuerlich. Was ist schon schlimm! Mordbrennerei und Terror. Bleiben wir einstweilen bei der Segenszeit.«

Sie fuhren kreuz und quer, die Straßen voller Altbau. Alles renoviert. Verkitscht. Ein ganzes Viertel ganz verkitscht. Ein kollektiver Mädchentraum. Die heile Welt in schönen Häusern, dekoriertes Dasein. Was ein Wunder, dass nicht alles rosa war. Ein Haus nur klaffte wie ein fauler Zahn. Das war besetzt, noch immer. Immer noch besetzt. Die Mauern schwarz, es bröckelte. Parolen. Kampfesmut in bunten Worten. Hier war Friesos Kneipe, Schutzraum, Anlaufort. Am Tresen Zettel und Pamphlete, und die Gäste trugen Stiefel. Zwar, darunter waren längst auch die gemischt, die hier das Pittoreske suchten, Efeugrün auf rußgeschwärzten Wänden, kämpferische Weltauffassung, Wein in stumpfgespülten Bechern. Zeichen. Lieb vertraut, im Ablauf absichtslos geworden, Früheres, erkaltet, sorgfältig gewahrt. Vitrinendasein, wie bei Wallenfels. Nun ja. Er war gefährlich, immerhin. Er langte zu. Die Sonne schien herein, die Fenster offen, Schmetterlinge taumelten vorbei. Vereinzelt Wespen auf den Kuchentellern. Wallenfels saß an der Bar, dahinter Frieso, mit der Hand am Zapfhahn, unrasiert, die abgebrannte Zigarette in den Lippen. Und die Augen kniff er zu. Der Zigarettenqualm. Ein pittoresker Mann, das Publikum lag ihm zu Füßen. Wallenfels erklärte:»Der Bezirk hier ist von links auf rechts gewendet. Nur die Grünen sind noch stark. Die Linke, Elsies SPD – sind abgeschlagen. Und der Rest ist rechts. Grün, Schwarz und Rot sind jetzt zusammen, koalieren. Aber Anspruch auf ein Amt als Stadtrat haben alle. Üblich, dass der Vorgeschlagene dann auch gewählt wird. Ein Proporzsystem. Wenn jemand abgelehnt wird, ist das ein Skandal. So war es früher. Jetzt ist überall Skandal.«

Dann hatte Wallenfels ein Bier. Er musste still sein, trinken, innig matt und starr darauf bedacht. Ein Menetekel, dachte er und sah zur Wand. Die kleine Politik war doch der Ort, wo die Vernunft zuhause war, Ideologie und Taktik streng geächtet, und von Fall zu Fall erwogen wurde. Jetzt ein Kampffeld. Kampfbahn. Wie? Gleich zu Beginn der grün-schwarz-roten Mehrheit zeigte Schwarz-Gelb-Braun, dass es auch anders ginge? Wenn man sich denn traute! Vorerst waren sie zu feige für die Rechtsfront, ließen sie nur einmal Fratze zeigen; einmal mit der Tatze schlagen. Ausgerechnet Elsie hatte es erwischt, die so vernünftig war. Doch Elsie bot den Vorwand. Menetekel. Zeichenpolitik. Die alte Übereinkunft aller miteinander zählt nicht mehr. Man brauchte es nicht mal zu sagen. Was gesagt wird, ist so dingfest. Pfui. Dann lieber handeln…

Elsie kam, und Wallenfels war recht in Fahrt. Er wütete und würgte in Gedanken. Elsie war noch nicht so weit. Sie war gequält. Sie war beschämt. Sie fiel ihm um den Hals. »Das kam so unerwartet. Und es trifft mich, Fedor. Das ist eigentlich das Schlimmste – dass ich denke: Fickt Euch, und es hilft nicht… Tag auch, Frieso. Ist die Riemer schön?«

»Die Riemer? Riemer? Kenn ich nicht. Sopran?« Er kam herum, umarmte Elsie. Vorher nahm er noch die Zigarette aus dem Mundwinkel.

»Dann ist der Sommer schon vorbei? Wie lange bist Du hier?«

»Seit heute Morgen erst. Schockierend, wie hier alles abläuft.«

»…was hier alles abläuft?«

»Wie. Und da im Ohr rauscht noch die See. Die Möwen kreischen.« Frieso zeigte auf sein Ohr. Dann wies er auf den Tresen: »Wenn Du Arbeit brauchst... Verlernt man nicht.«

»Ich hol mal Schnaps. Ihr auch?«

»Na, ja doch.«

Wallenfels sah Elsie nach. Bei ihrem Anblick sackte er ins Allgemach. Mit raschen Griffen schenkte sie die Gläser ein. Das saß, für allemal. So kannte er sie vorlängst. Hatte er nicht früher hier gesessen, ihr beim Schenken zugesehn? Es reizte Wallenfels, ihr zuzusehen. Jeder Griff besagte Ernst, Genauigkeit und Zweck. Es drängte ihn zu nicken, zuzustimmen. »Elsie«, sagte er, »wie schön!« Der alte Blazer stand ihr ausgezeichnet, immer noch, und hielt sie in der Mitte zwischen Distinktion und Schicklichkeit. Sehr fein gewählt. Das war ihm heute früh nicht aufgefallen. Wie distinkt sie ist – er dachte es – wir sollten uns nicht schreiben. Nie mehr. Dieses Hin und Her, Verfügbarkeit und Wissen. Diese Nachrichten. Sie heischen Transparenz und sind doch etwas, schwebend, brechen Licht und machen alles trübe, aufgerührt und trübe. Wasserruhe aber?

Wallenfels saß da. Das Reden überließ er Frieso. Da in Elsies Tasche piepste, klingelte und rüttelte ihr Apparat. Sie sah nicht hin. Sie kippte ihren Schnaps.

»Du lässt es bimmeln? Schalt es ab.«

»Ach, Frieso, ich hab´ Angst davor. Ich mag es nicht mal anfassen. Das sind nur die Genossen, sind auf Kampf gebürstet, wollen mich nicht fallenlassen, sondern wiederaufstelln. Und nochmal. Und immer wieder, immer wieder wählen lassen, bis die andern müde werden, sich enthalten, schlafen legen. Irgendwann steht dann die Mehrheit. Finde ich zum Kotzen... glaube ich. Zum Kotzen.«

Frieso lachte. »Ja. Das Spiel ist aus. Die haben sich entschieden. Ist mal so. Entweder – oder.«

»Also schleich´ ich mich? Wie ein begossner Pudel? Abgeohrfeigt? Weggetreten?«

»Komm, wir setzen uns ans Fenster«, sagte Wallenfels. »Da ist was frei.«

»Oh, nein, wir bleiben an der Bar.«

»Damit Du sehen kannst, was Frieso Dir ins Glas kippt?«

»Ja. Den klaren, jungen Schotten, Frieso, aus der Plastikflasche unten rechts! Ist der noch da?«

»Geprügelt oder nicht, ich denke, er hat recht. Verfahrenstricks sind würdelos. Sie hatten ihren Auftritt. Schwarz-Gelb-Braun. Das soll so stehenbleiben.«

»Denk´ ich auch. Und dennoch will ich nicht geprügelt sein! Ich will es nicht. Mir liegt das Amt. Ich kann das. Ich bin gut. Ich kann da was bewirken.«

»Oh, die Schmach verwindest Du. Ein Tag mit Julius, und vorbei. Dann greifst Du wieder an. Verteidigst wieder selbst. Chaoten, Linke, Autonome. Mich. Ich habe einen Mann geschlagen und wer weiß was noch getan. Die Treppe runter. Und beschimpft. Das war politisch!«

»Dich soll ich verteidigen? Der Du mit so'ner Gesa Riemer vögelst, während ich verrecke? Ausgerechnet?«

»Eben. Dann gerade. Du musst paradox intervenieren. Erst bei mir, dann in der Politik.«

»Das überleg´ ich mir noch mal.«

Oh ja doch, dachte Wallenfels, das Paradoxe! Paradox ist gut. Er wollte jetzt sehr dringend denken. »Hol´ den Apparat schon raus. Jetzt nimm ihn, Elsie. Trau Dich nur.«

Er wusste sich bloß keinen Reim zu machen, was das heißen könnte: Paradox zu handeln; was es insbesondere für Elsie heißen könnte. Doch er wollte etwas finden, den Gedanken zwingen. Paradox. Was wäre eine paradoxe Reaktion? Gedanken stoben auf, mit solcher Wucht drang Wallenfels auf dieses Wort. Er kannte das, er nannte es: Gewaltsam denken, trübe, heftig, ungescheut. Nur irgendetwas aufstöbern, zu fassen kriegen. Und der Rest ist Handwerk. Schöpferkunst. Man kann aus allem etwas machen. Elsie nahm den Apparat. Er nahm sein Bier. Sie las, vertiefte sich. Es gab schon Reaktionen, Kommentare. Aufregung und Wut und Häme. Massenhafte Triebabfuhr. Kontrollverlust. Affekte rühren sich zu Wetter auf, als Meldung kommt es nieder, prasselt, stürzt. Man muss es anfachen, das wäre paradox. Nein, besser: Wut und Häme tauschen lassen, Wut aus Häme locken und aus Häme Wut. Die Zeichen wettern lassen. Paradox. Er dachte an die Treppe und das Kind. Das war ein Teil des Ablaufs morgens und am Nachmittag. Am Nachmittag zumal, wenn es die Treppe hochging. Wallenfels und Sohn im Spiel, dann ging es los. Ein Wutgeheul! Gebrüll im Treppenhaus, das Kind der Leute oben, sollte Treppe steigen. Wollte nicht, verständlich, protestierte. Seine Mutter aber, paradox, mit süßem Säuseln: »Prima, noch ´ne Stufe. Ja und weiter.« Jeden Tag. Minuten-, viertelstundenlang, nein, länger. Wutgeheul und Säuseln. Das war paradox gehandelt, dachte Wallenfels erregt: Das Kind dreht durch und wird gelobt. Kein Wutgeheul der Mutter, niemals. Süßes Säuseln. Endlose Geduld. Nur Lob und Zuspruch für den Wüterich. Wenn der kein Terrorist wird, dachte Wallenfels, steht eine Segenszeit bevor.

»Da, lies mal, Fedor. Das da. Kennste den? Nicht wahr? Das ist Dein Lieblingsarsch, der Typ von der Gedenkstätte.«

Sie reichte ihm den Apparat.

»Hubertus Drillich? Ja, das ist er, Riemers Chef im Übrigen.«

»Igitt.«

Er las: Kein Stadtratsamt für Elsie Wallenfels: zu links, zu radikal. Mein Dank an CDU und FDP.

»Da hat er aber jemanden vergessen.«

»Ja, das passt zu ihm.«

»Dass er so feige ist?«

»Das ist nicht Feigheit. Das ist Frechheit. Indolenz. Das ist das Übel. Niemand redet frei heraus, und jeder druckst herum, manipuliert und täuscht. Der setzt die Leerstelle mit voller Absicht. Lies: Sein Dank an CDU und FDP, dass sie sich nicht geziert, geniert haben, sich nicht zu fein gewesen sind. Die Infamie, das Wühlen steckt im Ungesagten.«

Frieso spülte Gläser, blinzelte im Qualm. Die Zigarette. Ungescheut stak sie im Mundwinkel, stak in gebleckten Zähnen, wanderte. »Das ändert ja die Lage.«

»Nein, das ändert nix, das macht nur alles klar. Was für ein Schwachsinn, überhaupt zu kandidieren. Was soll ich als Stadträtin? Verkauf' mich an den Kompromiss...«

»Nein, nein. Ganz falsch. Du musst Dich wählen lassen...«

»Frieso! Nee.«

»Du trittst noch einmal an. Und nochmal. Nochmal. Abgelehnt? Ihr lehnt mich ab? So lass sie doch. Nochmal. Schwarz, Gelb und Braun. Ihr seid Euch einig, ja? Wie schön. Noch einmal. Einmal ist doch keinmal. Lass sie das noch einmal machen. Immer wieder. Dass sie sich nicht drücken können.«

Elsie seufzte. »Und der Whisky? Jung und klar? Was ist mit dem?«

»Frieso hat recht, Elsie. Und Du musst säuseln, flöten. Nicht die Wut bekommen, bloß nicht. Säuseln: Vielen Dank, jetzt habt Ihr mich schon wieder fast gewählt. Das machen wir nochmal, dann klappt es bald. Und bitte: Wer ist für mich? Wer dagegen? Ach? Oh, vielen Dank. Schon wieder fast.«

»Solange, bis sie durchgedreht sind.«

»Das ist paradox. So bringst Du sie in Rage.«

»Schön, und dann? Dann sind sie mal in Rage?«

»Klare Fronten! Blöcke. Einigung. Hie rechts, da links. Entscheidet Euch. Taktiert nicht. Kein Lavieren. Scharfe Trennung in der Mitte, an den Rändern darf es schwimmen, soll verschwimmen, wird erwogen. Sondert Euch, seid nach der Mitte einig und nach außen offen. Wenn Ihr mit den Grünen und den Schwarzen rummacht…«

»Sag´ nicht Rummachen.«

»Verzeihung… dann verschwimmt es in der Mitte, an den Rändern wird es scharf. Das treibt den Laden auseinander. Mir war gleich nicht wohl dabei.«

»Und meine Nominierung ist der Hebel? Damit lassen wir die Nummer platzen?«

»Zwingen sie in eine Front. Jawohl. Bekennt Euch, Pack!«

»Klingt schön, Fedor. Klingt wild. Fast wie gedichtet. Oh, es ist gedichtet! Ja. Du übersiehst nur eins: Ich muss es machen, wirklich machen.«

»Das ist leicht. Es macht sich leicht. Selbst Mord und Totschlag, leicht gemacht. Ist eigentlich wie Dichten.

Ganz dasselbe. Glaub mir, ob gedacht, gemacht, es fühlt sich zum Verwechseln an, ist ganz dasselbe.«

Elsie ließ die Augen rollen. »Schön. Gedacht, gemacht. Und Gesa Riemer?«

»Weiß man nicht genau. Phantasmagorische Zerstreuung.«

»In der Mitte unscharf. Puh, ich bin erleichtert.«

Frieso stellte ihr ein Glas hin. »Jung und klar. Und nährt wie Hafersuppe.«

Elsie murrte vor sich hin. »Und ich soll das entscheiden.« Leise bimmelte der Apparat. »Und ich soll…«

Wallenfels erhob sein Glas. Er warf sich in die Brust. »Das ist die Tragik des historischen Moments. Kein Anhaltspunkt und keine Not, nur Freiheit, Freiheit, Nichts. Und warte nicht auf die Physik, erwarte nicht, dass Du entschieden bist, bevor Du selbst entscheidest; dass die Nerven leisten, was Du fliehst. Du musst entscheiden, keine Sicherheit. Selbst in der Rückschau nicht. Vergangenheit rechtfertigt nicht. Vergangenheit beschuldigt nicht. Entscheide so, entscheide anders. Ob es richtig oder falsch war, bleibt Gebrabbel. Invektive. Mutmaßung und indolente Art. Getrau Dich nur. Es geht niemals um richtig oder falsch. Es geht bloß seinen Weg. So oder so. Mit Dir.« Er soff. Sprang auf und soff und wollte knien vor Elsie, kniete aber nicht. Er stand: Nicht, dass er vor den Worten kniete, auf dem Bauch lag vor dem Glanz der Rede, nein.

Die Tür schlug auf. Das waren Wrubel/Ponomarjow, Instrumente vor dem Bauch. Sie grüßten. Frieso nickte. Und die Bälge dehnten sich und bliesen. Fingerfertigkeit brach los und kriegerischer Jubel. Sieg und Formation in bunten Uniformen. Weihe klang und steife Zier, kaleidoskopisch arrangierter Übermut, berauschend, höfisch. Von der Decke wölkte es wie Zigarettenqualm. Die Streicher Wrubel, Ponomarjow Cembalo. Es schleuderte die Kneipe vom Gefüge. Elsie schrie:»Na gut!« und warf ihr Schnapsglas an die Wand. »Es sei, sei's drum. Sie mögen dran verrecken!« Frieso grinste hinter Qualm. Jetzt war er drin. Er war im Element. Der Zapfhahn offen, Gläser schaumig gelb im Reigen. Erntefest. Hell leuchtete das Bier. Nur Wallenfels vergriff sich in der Stimmung. Wrubel/Ponomarjow außer sich, umschmeichelten die Tische, chiliastisches Entzücken ohne Blickkontakt, einander sichtbar nur im Bund der Noten, der Bearbeitung, der Bässe, Bälge und Diskante. Wallenfels vergriff sich. Wrubel/Ponomarjow lachten und verbeugten sich. Und Wallenfels vergriff sich, warf sein Bier um, das ihm Frieso hingerüstet, leuchtend gelb. Es lief ihm in die Schuhe. Das war kränkend. Oh, es war entmutigend. Er hatte eben so erhellende Gedanken! Schließlich war es eine Tatsache, historisch unerschütterlich, dass diktatorische, autoritäre und noch schlimmere Entwicklungen zu stoppen waren, abzuwenden. Das Verhängnis konnte aufgehalten werden, dennoch aufgehalten! Nötig waren demokratische Entschlossenheit und ernster Wille im Sozialen. Krankheit, Alter, Arbeitslosigkeit und menschenwürdige Bezahlung. Kostspielig und ernsthaft. Elsies Themen. Elsies Credo. Elsie konnte das Verhängnis stoppen, ihm im Kleinen wehren, und nun Bier im Schuh! Noch heiß im Kopf mit nassen Füßen. Eine Bloßstellung war das, erniedrigend, entlarvend. Seine Knie bekamen kaum was ab, es schwappte alles in die Schuh. Die Fußstellung war so. Es war rein unerhört.

Kaum stand ein neues Glas bereit. Er musste seine Schuhe leeren, vor der Tür vielleicht. Nicht gleich, nein,

nein, nicht gleich. Erst wollte er noch rauchen und die Kränkung wie ein Mann ertragen. Wallenfels bewegte seine Zehen. Seine Füße schwammen. Wrubel/Ponomarjow spielten. Elsie sprach am Apparat, hielt sich das andre Ohr zu, stemmte beide Ellenbogen auf den Tresen. Wallenfels sah ihr Gesicht nicht, dachte sich den Ausdruck: fein, entschlossen. Blutrünstig. Sehr ernst. Vermutlich in ein Lächeln eingesetzt, gefahrversprechend. Tief. Er war sich sicher, schmunzelte und spielte mit dem Fuß. Bei Frieso im Gesicht war Ähnliches zu sehen, unrasierter, meeresstiller, mehr nach Friesoart. Er sah in ihr Gesicht. Er mochte ihren Ausdruck spiegeln. Frieso war so, Menschen hallten in ihm nach. Man sah es ihm ja an. So war es, ganz gewiss. Jetzt tippte Elsie Nachrichten: So sah sie aus, wenn sie ihm schrieb; wann immer sie ihm schrieb. Ihr Nachrichtengesicht. In sich erstarrt, ein Anschein. Mensch, ins Medium eingegangen. Fehlte bloß ein Bildschirmflackern im Gesicht, der schwache Widerschein des Absorbierenden, des Heimlichen; des Grusels.

Wallenfels erhob sich. Zeit, die Schuhe auszuleeren.

Draußen. Dort der Hauseingang, drei Stufen, sehr geeignet. Wallenfels saß da, zog sich die Schuhe aus, die Strümpfe, und saß barfuß, regte seine Zehen. Fußnägel. Die Fußnägel, er schnitt sie nur, wenn Elsie klagte, dass ihr Schienbein blutig sei. Daran erkennt man Männer, die entrückt sind; in der Schwebe, in der Meeresstille leben – nein, die nach der Meeresstille streben, sich in die Gezeiten sehnen, nach Gezeiten sehnen; deren Antrieb Mythenruhe ist. Er sah sich um. In Ruhe, ohne Grauen; suchte niemanden, in grüner Jacke nicht noch sonst, und sah auch niemanden, in grüner Jacke nicht noch sonst, und mied auch nichts, nicht Gegenstand, nicht

Blickrichtung. Da auf der Straße herrschte Treiben, ruhiges Treiben, doch Septembertreiben, froh und weh. Die Kinder wurden abgeholt und heimgeführt. In Läden war Gelegenheit, noch rasch Erlesenes zu finden. Segenszeit. Es gibt ein neues Buch zu kaufen, rosa. Winterstiefel für die Kleinen, Schnürsenkel echt Lebensnot. Das Eis im Eiscafé ist dingbar. Krimskrams für die Seufzerexistenz. Geflochtne Bademantelriemen. Wohlig wurde Wallenfels zumute, allgemach sah er auf seine Schuhe hin. Die waren nass, doch gute Ware. Nur die Socken warf er ins Gebüsch. Das sahen Kinder. Eins, der Junge, mit verschlagenem Gesicht, rief aus: »Das darf man nicht!« Er mochte ein Reflex sein. Mesokosmischer Affekt, Dressur dressiert nun mal. Das Mädchen lachte. Immerhin. Die Socken baumelten im Busch, am Fenster. Daraus klang Musik, und Wallenfels bemerkte, dass er wiederum betrunken war: Dies Aushärten im Kopf, dies gleichgewichtige Erhärten, wie der Ablauf in der Meeresstille sich erhöhte, abgelaufen. Vormals. Elsie kam heraus.

Sie setzte sich. Das hieß so viel wie: »So.« Und sagte aber: »Julius wartet sicher schon, und meine Mutter muss bald los. Kannst Du nach Hause gehn? Ich komme später.«

»Wird denn heute noch gewählt? Gleich heute?« Wallenfels war gleichgültig. Er konnte durchaus heimgehn, jetzt sofort, zu Julius.

»Nein. Heut' nicht mehr. Nächste Sitzung.«

»Dann geh' Du nach Hause. Ich komm' später. Kauf Zitronen unterwegs. Leg Julius hin. Halt seine Hand beim Einschlafen. Sing leise schöne Lieder. Küss ihn. Küss ihn, bis er schläft.« Er küsste sie. Er küsste sie, wie sie ihn küssen sollte. Nein, erwachsener, der Möglichkeit nach herrisch, dennoch abwartend.

Sie seufzte. »Gut. Das Schlimme ist, dass Julius seine Renitenz schon fast so großspurig zu Markte trägt wie Du. Das kann was werden.« Sie erhob sich. »Und vergiss die Socken nicht. Die kann man waschen.«

»Da sind Dornen.«

»Tragik des historischen Moments.«

Dann war sie fort. Und Wallenfels saß da, noch lange, draußen. Später an der Bar. Noch anfangs dachte er an dies und das. Er dachte: Unerhört, ich bringe Julius nicht zu Bett. Schon morgen ist er groß, dann gibt es niemanden, den ich behüten muss; dem ich im Schlaf die Welt vermache, durch Geborgenheit.

Er dachte: Das ist Adel, das ist erbliche Gewalt – Geborgenheit. Sie übereignet alles, Wohl und Wehe, Neigungen und strenge Pflicht. Hier aber sitze ich.

Nur anfangs noch. Dann tauchte er ins Allgemach, gedankenlos. Er saß mit Wrubel/Ponomarjow, die ihr Tagewerk beendet hatten. Frieso hielt sie frei. Sie sprachen wenig, zueinander gar nicht. Mal ein Wort an Frieso, der ein Wort zurückgab; mal ein Wort an Wallenfels. Der nickte, sprach kein Wort, nur Laute, Mimik. Ein intimer Abend. Langsam dräute die Septembernacht. Was ist schon so ein Allgemach? Vom Allgemach ist nichts zu sagen. Unergründlich sperrt es den Gedanken, hält den Sinn in sich vermocht, hermetisch bleibt die Rede. Allgemach im Ablauf zu begehen, bleibt ein Epiphänomen. Vom Allgemach ist nicht zu sagen. Träfe man es gleich und streifte seine Wahrheit, stünde sie am Rande. Leer. Vom Allgemach ist allenfalls vom Ende her zu sagen: Wallenfels schrak auf.

Er nahm den Apparat. Er war verspätet. Nachrichten von Elsie:

»Kind im Bett.«

»Und schläft.«

»Ich bin im Hof.«

»Bring alles mit, was ich Dir schon geschrieben hatte.«

»Danke für den Tipp.«

Ein halbes Bier, schon schal. Es blendete. Er trank es aus, erhob sich, suchte Geld. Natürlich, Frieso nahm es nicht. Beharren und Beharren, aber Frieso harrte wie von Zinnen, Wallenfels berannte ihn tief unten. Also ließ er es.

»Du gehst? Wir auch. Wir machen einen Weg. Ist angenehm.«

»Ich gehe ja zu Fuß. Nach Norden zu.«

»Ja ja.«

Selbdritt verließen sie den Laden. Wallenfels und Wrubel/Ponomarjow. Wallenfels wie hochgerissen; so wie damals, wenn der Kleine schrie; sobald er schrie. Er stakste in den nassen Schuhen, in der Jackentasche Socken. Wrubel/Ponomarjow zogen Wagen mit den Instrumentenkoffern. Ihre Räder rumpelten auf unreifen Kastanien, längst vergangen schon der Lindensaft, der an den Sohlen klebte. Wallenfels trug eine Flasche Friesengeist bei sich, von Frieso, hochprozentig. Und die Nacht blieb warm. Durchs Laub der Straßenbäume schimmerte das Licht der Häuser. Überall Lokale, alle Tische draußen voll besetzt.

»Ist eine gute Gegend«, sagte Ponomarjow (oder Wrubel), »reich.«

»Ist eine ausgedachte Gegend«, sagte Wallenfels, »ist Kitsch.«

»Du bist ein strenger Mann.«

»Die Kleider – kitschig. Die Gedanken – Kitsch. Die Häuser, Läden und Lokale. Seht in die Gesichter: Dieser Frohsinn, diese Angeregtheit, dieses angelegentliche Interessiertsein! Das Gelächter. Und gemachter Ernst. Was für ein Kitsch. Was für ein billiger Zierrat. Die Autos, Kleider, Schuhe. Sehr gewählt. Die Speisen! Fahrräder. Und alles muss zum Zeichen taugen, muss besagen und bedeuten, heißen, weisen, zeugen. Seht in die Gesichter – wie vom Kunsthandwerker. Grobgeschnitzter Kitsch, mit einer Wolke Zeichen um sich her, wie fette Fliegen, die bezüglich schwirren. Das verkitschte Pack. Verkitschtes Paradies. Das kommt heraus, wenn man die Welt sich selber macht. Verdammte Spielzeuglandschaft. Dekoriert.«

»Du bist ein strenger, strenger Mann.«

»Verflucht.«

»Ist gut. Ist gut.«

Die Instrumentenwagen rasselten. Und wieder ein Lokal, kaum durchzukommen. Gutes Leben wucherte die Wege zu. Man kam nur nacheinander durch, die Instrumente enggeführt um ausgestreckte Beine.

»Ist ja auch kein Publikum für uns. Für Straßenmusikanten.« Wrubel (oder Ponomarjow), schmerzlich. »Stört zu sehr. Ist nicht willkommen.«

»Kann man auch nicht kaufen. Kann nur Geld geben. Ist Bettelei, ist widrig.« Ponomarjow (oder Wrubel), abgeklärt. So gingen sie. Bald war die Straße dunkler, bald zog hell erleuchtet ein Lokal vorbei. Die Szene wechselte, sie hatte Tiefe, Raum, die Straßenbäume fassten sie, verbanden alles ragend, doch es schien nicht, dass man in die Szene treten konnte, ins Lokal. Es zog vorbei, den Augen dargeboten, nicht der Willkür, einzutreten.

Weiter, weiter zogen sie selbdritt – die Instrumentenwagen ratterten – bis Ponomarjow sagte: »Hier in dieser Straße wohne.« Also bogen sie in diese Straße, ihm Geleit zur Tür zu geben. Eine stille Straße, dunkel. Kaum ein Fenster noch erleuchtet. Dennoch Leuchten, unter einer Gaslaterne leuchtete ein Wagen, schwer und groß – und golden, wirklich golden, nicht bloß goldlackiert. Er leuchtete von schierem Gold, gold wie ein widerliches Grinsen. Wallenfels blieb stehen. Wieder Schwindel. Kam vom Magen her. Die Sauferei. »Ist das denn wahr? Seht Ihr das auch?«

»Ist goldener BMW. Ganz neu. Sonst war ein roter hier. Ist abgebrannt. Man sieht noch Ruß. Da auf den Pflastersteinen.« Ponomarjow ging ein Stück und suchte auf dem Kopfsteinpflaster. »Da. Da sieht man.«

Wallenfels sah nach. Ganz recht, da hatte es gebrannt.

»Und Du hast zugesehen, wie es brannte?«

»Nein. Zu spät, und habe schwarzes Wrack gesehen. Wurde abgeholt und Straße repariert. Dann goldener BMW. Ein bisschen später.«

»Sagenhaft.«

»Besitzer wollte sagen: Zündest Du mein Auto an? Dann kaufe Goldenes. Da siehst Du.«

»Ja, das wollte er wohl sagen. Ja.«

»Nun abwarten: Was sagt wohl Mann, der angezündet?«

»Wird wohl sagen: Brennt auch Goldenes.«

»Das wird er sagen. Ja. Wo wohnst Du?«

Ponomarjow zeigte auf ein Fenster. »Dort gleich, zweite Treppe.«

»Geht doch rauf. Das Fenster auf. Und spielt mir etwas Festliches. Was Glänzendes. Wie Feuerwerksmusik. Oh, bitte.«

Wrubel zog die Schultern hoch. »Und Du?«

»Ich bleibe unten.«

»Und?«

»Illuminiere.«

»Lieber nicht. Mach nicht im Zorn. Zorn ist nicht gut. Wenn zornig werde, denke schnell mit Rührung. Schönes. Bin gerührt. Und schon muss weinen. Gar kein Zorn mehr.«

»Gut. Ich werde weinen. Geht.«

Er dachte, dass er ohnedies zu Rührsal oder Zorn nicht neigte. Wallenfels im Ablauf – kühl. Bedacht und kühl inmitten des Fanals, im Ablauf des Fanals. Er neigte sich dem Glauben zu, dass er schon Gleichgewicht und Mitte, eine Meeresstille haben könnte derart, dass er sah und allem, was er sah, die Zustimmung nicht weigerte; so dass er sah und dachte: Einverstanden. Ja. So geht es.

Wallenfels zog Gesa Riemers Buch, das schöne, ihr Notizbuch aus der Tasche, das sie ihm zurückgelassen hatte. Nicht zum Lesen, nein. Es war wohl kaum Intimes zu vermuten, bloß Gekritzel, ratlos angemerkt aus ratlosem Begegnen. Material zum Feuermachen. Stein und Schwamm. Notizbuch, Friesengeist. Er goss ihn auf die Räder, trennte Seiten aus dem Buch, verschnörkelt wie Gebet, wie Zauber, zündete sich eine Zigarette an, das erste Blatt. Er sah nach oben: Wrubel/Ponomarjow warteten am Fenster. Wrubel gab den Einsatz, und die Bälge dehnten sich und bliesen. Festlich klang es auf. Der Wagen leuchtete im Gaslicht. Wallenfels platzierte Gesas Zettel, legte Feuer auf das Vorderrad. Jetzt züngelten die ersten Flammen, bläulich krochen sie am Rad, fast unsicher, noch harmlos. Gleichwohl fassten sie Vertrauen, stachen golden in die Höhe. Zweiter Zettel, Hinterrad.

Und auf die Straße. Dritter Zettel. Vierter Zettel. Vorne brannte schon das Gummi. Qualm stieg auf. Für Elsie. Wer Exempel statuiert, soll das Fanal nicht fürchten. Golden glänzten Wrubel/Ponomarjows Instrumente und Gesichter, hoch im Feuerschein. Der goldene Wagen hüllte sich in Qualm, verbarg sich in den Qualen, gleißend Gold, warf Blasen, kochte auf. Er streute Gesas Zettel ein. Für Dich. In Liebe, Fedor. Elsie, Elsie, dachte er. Und Flammen schlugen hoch. Mag mich auch Ungeduld und Missmut packen, böser Sinn, das ist nur Ablauf. Doch im Allgemach bist Du mir einzig, Elsie. Also wandte er sich um. Bloß nicht erwischen lassen, jetzt. Er hielt sich an der Wand, als Stütze, nicht als Deckung. Wieder Schwindel. Rasch den Friesengeist geleert, er hustete. Ein scharfes Zeug. Verteufelt. An der Ecke hielt er ein und sah sich um. Hell loderte der Brand und hoch in Dunkelheit. Ein heiter böser Geist, das Feuer, jäh und toll. Dazu, darüber, über allem wohnend die Musik. Die Häuser hoch, die Straße lang, Musik. Es wirbelte und kochte, Flammen heiß. Das Feuer selbst war die Musik.

Dann mischten sich Sirenen ein. Er ging. Schon war er fort. Schritt allgemach durch abendlich belebte Szenen. Feuerteufel. Wallenfels. Ein Extremist im Allgemach. Und als die Feuerwehr, drei Wagen hoch, gefahren kam, saß Wallenfels auf einer Schwelle, trank ein Bier und rauchte still. Inwendig loh.

Er nahm den Apparat vor. Nachrichten von Elsie.

»Erdnüsse, Zitronen…«

»Komm doch bald, Du…«

»Ja, ich komme«, tippte Wallenfels, zwar etwas schwerfällig. Der Weg war nicht mehr weit, jedoch sah Wallenfels jetzt keinen Grund mehr, länger zu verziehen. Nein, er wollte jetzt nach Hause, ohne Eile, ohne

Weile. Er bestieg die Straßenbahn. Die Straßenbahn war angemessen schnell und langsam. Abendlich erleuchtet fuhr sie durch die Straßen. Abendlich gestimmt saß Wallenfels am Fenster. In der Straßenbahn kam er sich wie ein Spielzeug vor, hineingesetzt. Da sitzt einer, fährt Straßenbahn. Und dass da einer sitzt, bedeutet, dass da einer sitzt. Spiel ist so tief. Bedeutend. Kurz noch in den Markt. Er suchte Bier und Wein zusammen, Nüsse, drei Zitronen, dicke. Noch etwas? Egal, es war so seine Eigenart, paar Sachen zu vergessen. An der Kasse vor ihm Fremde, junge Kerle, zwei. Sie wirkten unsicher. Ihr Einkauf schmal und unsicher gewählt: Bloß irgendwas zu essen. Was zum Kuckuck isst man in Kimmerien? Die Kekse da? Und Datteln. Saft dazu. Und eine Gurke. Unsicher und fremd. Gespannt verfolgten sie den Ablauf an der Kasse. Als sie an der Reihe waren, hemmte eine dicke Frau den Ablauf, die ihr Zeug nicht schnell genug in Taschen raffen konnte. Hielt den ganzen Laden auf. Der war auf Schleunigkeit getrimmt. Nur schleunig fort. Auch Wallenfels mit seinen Wochenkäufen löste Hemmung aus, sonst immer, schaffte es nicht schnell genug, das Zeug zu raffen. Widrig. Derart war nicht vorgesehen. Gleichwohl wurde fortgefahren. Die Kassiererin lud all das Zeug der Jungen in das Eckchen hinterm Lastschriftapparat. Die Dicke sperrte alles, und man kam nicht an die Sachen hinterm Apparat. Die Jungen zögerten. Sie wussten nicht, wohin, und wie sie an die Sachen kamen, rückten unsicher ein Stück nach vorn. Sie wollten ja nicht ihrerseits den Ablauf hemmen, nicht als Fremde. Schleunigst raus galt es, das hatten sie erkannt. Und die Kassiererin, ein Mensch von wenig Vorteilhaftigkeit, stand auf, nein, schnellte hoch und warf sich quer und fuchtelte herum und scheuchte: »Weg da, weg, zurück doch! Sie bedrängen ja die Kundin da!«

Bedrängen, dachte Wallenfels, das ist aus dem Vokabelheft des Fremdenfeindes. Fremd ist widrig. Fremd bedrängt. Und wieder stieg ihm Zorn hoch, wie am Morgen schon. Und wieder dachte er an Ohrfeigen. Er sah noch hin sogar, ob die Kassiererin was Grünes trug. War nicht der Fall, zum Glück. Die Fremden eingeschüchtert, wichen, wussten aber nicht, wohin zu weichen. Weichen war nicht vorgesehen. Ablauf an der Kasse: Schleunigkeit. Es geht in diese Richtung. Wohin weichen? Wallenfels wich mit. Die Fremden ratlos. Sie verstanden nicht und wichen. Unsicher. Die ganze Schlange wich. Die beiden suchten nicht mal mit den Augen Hilfe. »Ist doch wahr«, entfuhr es der Kassiererin, als sie sich niederließ. Ein Seufzer, nach der Anstrengung der Tat.

Ist nicht wahr, dachte Wallenfels, ist eine Frechheit. Doch er sagte nichts. Er langte auch nicht zu. Er sagte zu den fremden Jungen – Wallenfels in fremdem Zungenschlag: »Don't mind a racist cashier.« Die Züge lösten sich. Das hatten sie verstanden. Gut so. Gut. Ein Lächeln gar?

Als Wallenfels den Markt verließ, war er zufrieden. Er war zuversichtlich.

Und er war jetzt aus dem Takt. Er war jetzt endlich aus dem Takt, war aus dem Maß, dem Abgezähle: Ablauf, Ablauf, Allgemach. Kadenz auf Allgemach. Das trieb zu sehr. Das pulste nur. Das Maß war widrig. Nur kein Maß. Und der Septemberabend stand ja auch dagegen.

Was ist schon zu sagen?

Was ist schon zu sagen über so einen milden Septemberabend? Er ruht in sich. Kein Maß, kein Takt. Der Mond schwimmt so daher.

Wallenfels dachte, dass er allgemein nicht zu rührseligem oder zornigem Betragen neigte. Das musste er gegen sich geltend machen. Also gab er sich dem Glauben hin, dass er mit einigem Wein, aber von Takt und Maß befreit, schon ein Gleichgewicht und eine Meeresstille erlangen könnte; derart, dass ihm das Widrige nicht aufstieß; dass er allem zustimmen konnte. So schritt er durch seine Straße. Es lag nicht am Ablauf. Es waren nicht die Meldungen und Nachrichten von allem, von Anschlägen und Wahlen, Terror, Staatsstreich; Nachrichten von Streichen, die herumschwirrten wie Wespen im September, und dass sie ihn zur Rechenschaft aufriefen. Nein, er fühlte jetzt: Es lag auch nicht in einem Mangel, daran, dass der Ablauf einbrach und ein Allgemach sich auftat, das nur aus dem Ablauf abgeleitet war. Das war ein Trick, um Wallenfels im Ablauf aufzustöbern, zu Gewalt und Greuel aufzustacheln.

Obacht, nur nicht Takt und Maß behalten. Breit und wohlhabend stemmten sich die Häuser zwischen Park und Straße. Wallenfels schritt fest, schritt sicher. Früher, dachte er, konnte er auf die Straße gehen und zusehen, ob ihn nicht etwas bestimmen wollte, ein Zufall, ein Begegnen, und sein Schicksal lenken. Das durfte er heute nicht mehr zulassen. Es gefährdete die Mythenruhe, deren es bedurfte, Julius großzuziehen. Die Dinge mussten ruhen, nicht bewegt sein, sich umrunden und betrachten lassen, vorzunehmen sein. Sie mussten wie von Stein sein, altgeworden, steif im Ruhm der Kundschaft, die von ihnen geht. Ob Allgemach, ob Ablauf, es bedurfte einer Ruhe unter Maß und Takt, einer Stille,

Meeresstille, Wasserruhe. Obacht. Was soll Allgemach, wenn sich im Takt und Maß des Denkens wieder Ablauf aufbewahrte, wenn er sich darin verbarg und aufwarf und erkühnte; von sich reden machte! Obacht, meeresstille Obacht. Ja.

Er nahm die Durchfahrt auf den Hof. Da über ihm schlief Julius. Fenster standen offen, die Septembernacht zog ein. Septembernacht ist gut zu atmen, dachte Wallenfels. Er dachte an den ruhigen, festen Schlaf des Kleinen, Schlaf in guter Hut. Und dort, gleich unter seinem Fenster, saß auch Elsie mit den beiden Mohrs, mit Frederik und Alma, die nicht Alma heißen wollte. Die Stimmen gedämpft, der Ton klang gelöst. Wallenfels schwenkte die Tüte. Er setzte sich hin.

»Vier Stunden später«, sagte Elsie, »gratuliere. Du hast es geschafft.«

»Ich musste noch ein Auto anzünden.«

»Oh, wir haben die Feuerwehr gehört.«

»Die ist zum Anschlag gefahren. Menschen, nicht Autos. Tote.«

»Wessen Auto? Von Hubertus Drillich?«

»Nein, er meint es übertragen.«

»Jedes Auto?«

»Allgemach ist doch nicht übertragbar!«

»Autos aber. Ist `ne Segenszeit.«

»Kann ich nicht finden. Es gibt Widriges.«

»Ein Anschlag?«

»Anschlag. Ja doch, ein Konzert. Ein Dutzend Tode. Menschen. Tot.«

Da saß er. Plauderte und war mit allem einverstanden. Unvermutet spät. Vier Stunden! Bloß kein Maß und Takt jetzt. Obacht. Denn im allgemeinen Niedergang muss man sich wahren, meeresstille. Es entgleitet, wenn

die Sprache nicht erträglich ist und nicht dem Allgemach noch Ablauf noch gerecht, nur Jegliches mit Takt
und Maß durchzieht – im Ungesagten alles eins; wenn
Rede nicht dem Alltag, nicht den Hoffnungen erträglich
ist. Die Nachricht ist allgegenwärtig, so dass niemand
mehr für ihren Wortlaut einzustehen hat. Sie sagt sich
selbst, der Mensch ist infiziert. Sonst nichts. Das Unge-
sagte tritt vom Wort zurück, die Richtigkeit, Verlässlich-
keit, die Bitte um Bekräftigung: So ist es, ja doch; und die
Forderung: Das ist so, ja, das kann man sagen; das kann
so gesagt sein. Sag es nur, es trägt Dich. Löst sich auf in
Takt und Maß, was bleibt, ist nur ein blanker, abgelöster
Sinn, maschinenlesbar, aus dem Wörterbuch geklaubt,
doch völlig unvermeint. Das taugt zu allem, zu Fanal,
Gewaltausbruch und Trübsinn, Rührsal, gar Verschwörung. Bleibt sich gleich. Morphologie des Maßes. Fragt
nicht, wer und was; fragt wie. Fragt morphologisch.
Denkt wie Stein. Lauscht auf die Meeresstille, dort ist al-
les, Friede, Lohen, was auch werden soll: Gesagt. Besagt.
Geheißen.

Obacht.
Obacht.